G

咕
噜
GuRu

发现，发声

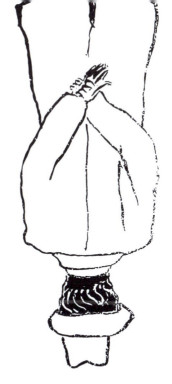

貓民十記

马陈兵 著·绘

上海三联书店

图书在版编目（CIP）数据

猫民十记 / 马陈兵著绘. ——上海：上海三联书店，
2025.2 —— ISBN 978-7-5426-8613-8

Ⅰ．Ⅰ217.2

中国国家版本馆CIP数据核字第2024AT9561号

猫民十记

著　　绘 ／ 马陈兵
封面图款 ／ 马陈兵

责任编辑 ／ 匡志宏 李巧媚
装帧设计 ／ 一千遍工作室
监　　制 ／ 姚　军
责任校对 ／ 王凌霄

出版发行 ／ 上海三联书店

　　　　　　（200041）中国上海市静安区威海路755号30楼
邮　　箱 ／ sdxsanlian@sina.com

联系电话 ／ 编辑部：021-22895517
　　　　　　发行部：021-22895559

印　　刷 ／ 山东新华印务有限公司

版　　次 ／ 2025年2月第1版
印　　次 ／ 2025年2月第1次印刷
开　　本 ／ 890mm×1240mm 1/32
字　　数 ／ 70千字
印　　张 ／ 10.25
书　　号 ／ ISBN 978-7-5426-8613-8 / Ⅰ·1898
定　　价 ／ 98.00元

敬启读者，如发现本书有质量问题，请与印刷厂联系：0538-6119360

這個老冤家 　你看見嗎 笑了

上海一只猫, 布面油画, 60cm×80cm, 2024

◉ 2023 年秋，我移居上海。陆家嘴夜空中开满百合花，我像一只黑猫，一个句点，于踽踽独行中积习难改，总想注记黄浦江边的海云世界。浮生真有猫儿意；又像一只白猫，妙动满天星斗，氤氲了魔都春夜。我听见自己不断回头喵喵叫，水中有江南十个月亮、金簪银瓶……

月满抱佳人，布面油画，60cm×30cm，2018

上海一只猫, 纸本设色, 综合材料, 95cm×70cm, 2024

● 光锥之外，生途之内，
　江湖远活，遇猫廿载。这个世界会妙吗？
　我无非是听到，
　在自由与命运之间，猫还在问个不停。

◉ 美好生活，从猫开始……

有猫, 纸本水墨, 70cm×70cm, 2016

高了, 纸本设色, 48cm×44cm, 2024

黑猫时间, 布面油彩, 100cm×80cm, 2024

目录

嗅, 纸本设色, 58cm×48cm, 2024

◎

猫来了

　　公元 2011 年，是我客居江南的第四个年头。年初，我第五次搬家，赁居杭州小河直街。住所是街尾一幢二层老式房子，背水向街，楼下居中处，两整张三合板夹成的清漆明黄大横桌背倚楼梯，对门而设，门外便是青石板街面。

　　小河直街是杭州城区京杭大运河沿岸历史文化街区整体改造的样板工程，此前一年刚完工重新开放，部分愿意回迁的原住民尚在陆续搬回中。杭州人知道的还不多，游客罕至，风日清宁。

　　夏末或初秋，某日午后，我晏起下楼，开了门，坐下吃饭。

　　突然，门口低处，悄无声色探出一张脸，脸上有圆澄澄一对绿松石，石是活的，看进门来，看着我，是在判断或思索什么。略为迟疑，这张脸向前、向里移，带出丰润苍褐有漂亮条纹的身体，到末是一根斜竖的尾巴，手一样掸掸门框，像为后撤预留田地。

　　猫来了！

　　看到这位憨憨的不速之客——猫，我先是一惊，继之，平静的内心起了新奇和狂喜。

　　我想，那一刻，我肯定双眼圆瞪！

　　你说啥？

　　2011——21 世纪第二个十年的开门之年，在杭州，一只普通的中华田园猫（或者该叫虎斑猫——现在回想，我甚至怀疑它是狸花与美国短毛猫杂交

2

的后代,因为它确乎有个大圆脸)的突然到访,会让一个四十出头的男人瞪圆双眼?

没错。

没夸张。

没毛病。

来居江南千余日,直街迎门始见猫。

再心算,岂止千余日?不止不止!

前此或者说上一回印象鲜明的"转角遇见猫"是哪个年头的事了?我了个猫,我发现自己根本无法"鲜明"地回忆、锚定。

有一点不用怀疑,少说也有个二十来年。

我老家潮汕位于北回归线与东亚大陆海岸线的交点,恰如太平洋用海云之指嵌到地球绿腰带上的一颗猫睛石:一爿滨海小平原,宜人宜猫,自当众妙喧哗。但是,除了童年有猫有犬的乡村生活依稀可忆,我从大学毕业、工作、结婚,到创业、离乡远游,即从青葱初入中年,一番检点,真有二十来年不曾迎门见猫,与猫有亲。这半生一路过来,周围的亲友熟人,竟也想不起有谁养猫。来客居杭州亦有好几年,先后搬了几趟家,从莫干山路马塍路文二路到湖墅南路红石中央花苑,从杭州城西世纪新城到这城北拱宸桥畔小河直街,记忆中未曾遇猫得妙;平素闲聊,也不记得有谁说起猫,见谁养了猫。

门口的大狸花, 纸本水墨, 36cm×68cm, 2020

3

天空之城, 纸本设色, 35cm×118cm, 2019

那么, 这么些年, 阿猫都上哪去了, 如今, 它又从何方妙呜归来?

4

人间失猫
二十年

残阳如血，人间失范；苍山如海，世事吊诡。时间使人不断遗忘，又偶尔猛醒、惊回。

鸿蒙时代, 纸本水墨, 75cm×75cm, 2019

8

现在，人们总算回过神，约略知道过去半个多世纪世界经历了什么。

人类自进入文明社会以来，技术进步和社会发展从未如公元二千纪这个时间段一样骤然加速，狂飙快闪，而世人记忆或者说生活经验、新知旧识的更替迭代，却仍停留在过去千万年形成的缓慢周期和有序节律中。当代中国更把西方用一两个世纪完成的变革与进步缩短到几十年——所谓"三千载未有之大变局"。国人面对如此变化，猝不及防自是常态，别说预为调整适应，能后知后觉，已大具慧根。

断桥，纸本设色，镜心，直径 50cm，2020

具体到阿猫之事，同样是一部乍然脱断的"起居注"。

小河直街蓦然来猫之时，我虽心觉其异，而未明所以。又过了好几年，在自己先后养过几只猫，奇遇数回猫，当然也包括似乎自那天之后突然多起来的叠叠猫事猫闻后，某一日，我才惊觉、顿悟：就在我们眼皮底下，猫与鸡犬鹅鸭同列的禽畜世代早已跳转到时尚都市"无鼠可捕，有猫要撸"的宠物纪！而那毫无征兆倏然一跃轻轻跳过的，却是一段二十来年的"天下无猫"空窗期——大约1990—2010年，猫淡出社会生活，几乎被集体遗忘。

可不是，人间失猫二十年！

前此，前前此，我尚童稚的20世纪六七十年代，正当吾国吾乡禽畜世代的最后二三十年，猫延续着被普遍驯养千百年以来的狸生猫活，活动地盘主要在乡村。野猫游荡废垣寨角，徘徊屋后巷底，自求多福；家猫则与鸡鸭猪狗同列，鱼糜骨渣就算不错的伙食，加菜进补，那得自力更生捕鼠扑鸟。平常一家一屋只养一猫，更有"好猫管四厝"之说。捕鼠不力或偷鸡成性，即是懒猫、"后（劣）"猫，常被下岗，扫地出门。劁猪骟牛那是抓革命促生产，阉猫闻所未闻，发情走失拉倒。主人平日劳作辛苦，鲜有好心情闲工夫逗猫。猫儿也务实识趣，多与人不亲，独行独往，不用高，自然冷。城市建筑多老旧，街巷湫隘，鼠患处处，猫亦不虚畜。

当人们从稍作顿歇的世运生途过山车中悠然醒转，恍然有悟，重新惊觉阿猫阿狗的存在——如2011年那一天的我，为门口不知从何而来的漂亮大狸花瞪圆双眼，重新想起、打量阿猫时，天下猫族好似一夜之间"农转非"，纷纷入城市、远鼠类、宅人家，非复吴下阿蒙矣。眼看人类进入无限内卷的世代，猫们反而华丽转身，集体解码出神奇的适应能力，专心一意起游手好闲高卧卖萌专业户，待遇也跳跃式升级换代：猫食改成豆豆，猫砂替下草木灰，更有罐头、猫条、猫薄荷、玩具、衣服、猫咖、宠物医院等等。有的猫竟至忘性改辙，闻腥不食，见鼠反走。偶尔血脉苏醒，打打小猫，叼蛇捕鼠乃至捉个螳螂回家，反倒惊得主人一蹦三丈，大呼小叫。

代价也是有的。

头一条，母的要卸卵，公的要嘎蛋——"六宝成公了！"

第二条，应该是寂寞。独猫之家，每每主人上班出门，即一喵单处，形同孤囚。主人若为单身族，多居高层住宅单身公寓，阿猫不免经常寂寞成半空某

六宝成公图, 纸本设色, 130cm×35cm, 2019

个窗口的怅望者。

至于流浪猫的地盘和谋生方式，虽说如今中国城市户外与公共区域的面貌多已脱胎换骨迥异于前，且投粮喂食的爱心人士大增，但野外生存毕竟风霜雨雪，野猫们照样要为争夺地盘和配偶恶战。好在阿猫与狗不同，在向宠物进化的同时仍保有本性，且不说发情期的家猫常为"自由与爱情"主动走失，万一遭弃养，通常也能调整适应，战力不减。而貌似高冷的猫还有合群互助的另一面：相关研究已经表明，野猫能够组成庞大的社交群落，彼此可以分享食物、水和居所，乃至帮忙抚育幼猫。

有道是：团结紧张与活泼，山间野猫大如虎！

山山水水一妙间，纸本水墨，60cm×25cm，2020

人民之猫，
爱情之猫

能量守恒定律放之万世而皆准，虽说人间失猫廿余年，但阿猫不可能凭空消失又突然回归。高隐总在出云岫，即使"从来不需要想起"，猫也肯定没真正离开世界，离开我们，离开"我们的世界"。

带着这个问题，我苦思数月，今晨花开蒂落，豁然开悟——

阿猫的第一个绝妙去处，叫观念。

"不管白猫黑猫，会捉老鼠就是好猫。"如果说当年有啥妙语能让改革开放的道理人人秒懂，无过此言。邓公的猫论，开启了半个多世纪来中国社会的高速发展，让人民甘美富足。以此而言，邓公是新时期华夏第一知猫者、唤猫人。

一撸而为天下法，一言而为百世师。

第二个好去处：动画片。

大家回想一下，高铁普及之前、电视当道之世，不但家庭，稍微正式的公共场合，如候车室、长途大巴、餐厅酒店、卡拉 OK 包间，电视都是标配。电视闲时放得最多的，肯定是《猫和老鼠》。

改革开放惠及众生，卡通片娱乐百姓：观念猫、杰克猫，你们都是人民的猫。

第三个去处：绘本，或者说童趣爱情中。此处更中猫怀、得人心、不衰歇。

长尾理论，纸本水墨，48cm×44cm，2024

2000 年前后，国外绘本被大量译介、引进，猫常为绘本主角。给人印象最深的大概要数日本画家佐野洋子的《活了100万次的猫》。一只非常漂亮的骄傲而孤独的虎斑猫死了 999999 次，每次都转世复活。在最后一次生命中，它当了快乐的野猫，爱上一只白猫。白猫老了、死了，虎斑猫哭了 100 万次，终于永远死去，再不需要、也不想活过来了。

那些年我正好在杭州一家幼儿教育专业杂志做事。有个上海来的老师讲绘本，说国外著名的绘本，比如《猜猜我有多爱你》《活了100万次的猫》《鳄鱼怕怕，牙医怕怕》，出版以来不知被译介到多少个国家，而且一直重版，全球畅销。想想那版税，是怎么一场下个不停的泼天富贵啊——呵，我忘了，版税有年限，洋子奶奶也不是猫，最多活个两三辈子。

云端的小白，木板油画，30cm×48cm，2018

◉ 山坡上的小黑，在思念云端的小白
  它们曾经相恋，又相失在万丈红尘
  天地间有一种忧伤，叫猫界的爱情

○

Cat Star

顾名思义, Cat Star（猫星）是猫们的专属。猫奴界不证自明的说法是每一只奶猫都从猫星投胎来到地球, 入人间世, 哪天死了, 九条命一条不少魂归猫星。这可是个脱离六道轮回的自足闭环, 确保全体猫咪来路纯正, 不杂妖邪。主子们不论猫生苦乐, 拆家闯祸几多, 家居或者野处, 逝去之日即归家之时, 都可不堕地狱恶道。

别的不说, 就这一点, 猫主子比奴才傲娇十倍。

在较为肯定的考古记录中, 最早的驯化狗的化石距今约 15000 年, 而已知最早的家猫化石出土于地中海的塞浦路斯, 距今大约 9500 年, 狗少说比猫多谄了人类 5000 年的媚, 却还是上不了天。恨!

几百年前康德就说: "有两样东西, 越是经常而持久地对它们进行反复思考, 它们就越是使心灵充满常新而日益增长的惊赞和敬畏——我头上的星空和我心中的道德法则。" 若干年前, 忘了在武汉还是北京, 我在参观博物馆时无意间走进一个 "埃及古代艺术品" 特展小厅, 戴着金耳环、被制作成木乃伊的神级猫星人立即让我发出惊叹, 猫头人身的女神芭丝特更被埃及人奉为家庭守护神! 而在时间的另一端, 新新人类对先哲 "两样东西" 反复思考的新成果, 竟是用宠物世界的 "道德法则" 往人类 "头顶的星空" 发射超新星——Cat star: Up above the world so high, like a diamond in the sky. 可不是, 就我们熟悉的, 包括人在内的动物世界而言, 还真是猫儿的眼睛最 "钻石", so high, 这猫星从西湖深日升入元宇宙深空, 一切就都对了。

16

喵星人第一次降临地球，布面油画，50cm×40cm，2018

◉ 蓝的天空旋转着妙的金黄，
　　天雨鱼，鼠夜哭，
　　麻麻鼓盘而歌，
　　狗狗悲欣交集，
　　喵星人第一次降临地球……

◎

猫从哪里来？

猫从云中来

小河直街五行志(《天空中飘满三文鱼》之一)，布面油画，70cm×100cm，2014

18

云中记 猫从哪里来？

观沧海, 纸本水墨, 70cm×50cm, 2021

19

猫从山中来

四皓图, 纸本设色, 38cm×70cm, 2019

◉ 猫中高隐, 商山四皓。

猫的全球化简史

几千年前，家猫就主要从埃及扩散到了全世界各个角落。其后因贸易、移民和战争等原因而在海上航行的船，成为不同品种、地域、时期的猫猫异地播迁的主要渠道。"古代腓尼基商人将猫带上他们的船用于捕鼠和交易，从而导致猫科动物在欧洲迅速扩散。在这些港口中的任意一处，猫都可能自己跳下船或被当作具有异国情调的宠物交易。"（[美]加林·艾林格：《离开荒野：狗猫牛马的驯养史》）根据英国人布鲁斯·费格尔《猫咪百科》的记述，早在公元1000年前后，挪威森林猫"就沿着维京人和东拜占庭的贸易路线进入了挪威"。据传日本短尾猫在公元999年从中国来到日本列岛，而缅因浣熊猫的祖先可能包括从美国缅因州港口船只上下来的俄罗斯或斯堪的纳维亚长毛猫。19世纪，一些跟船的猫从俄罗斯的阿尔汉格尔斯克港来到英国，传说俄罗斯蓝猫便是这些猫的后代。夏特尔猫的祖先很可能跟随船只远涉重洋，从叙利亚来到法国……远的不说，中华土猫也带海气。清人所撰《猫乘》说，广东南澳岛地如虎形，产猫猛捷，但见海水则变性。为此，带猫内渡必将其"藏闭船舱"。

海上一只猫, 纸本设色, 70cm×130cm, 2020

23

上云端：最妙的礼物

九猫图，布面丙烯，油彩，300cm×200cm，2024

闲者便是主人，纸本水墨，70cm×38cm，2022

◎ 江山风物，本无常主。闲者便是主人。
不管从哪来，猫生主打安逸悠闲。

27

重庆雏猫学牙图, 镜心, 直径 50cm, 2018

◉ 雏猫努力学牙，大猫抱豆躺平。

28

盆满钵满, 纸本设色, 38cm×70cm, 2019

盆满钵满，猫生圆满。

上云端：最妙的礼物

一

猫史记·狸首斑然

中国最早撸猫歌，单看名字，当推《狸首》。周灭商，歌《狸首》以节射，"使天下知武王之不复用兵"，但歌词久佚。周武王时代，狸、猫互见，当为包括野猫、猞猁、云豹等等小型猫科动物的总称或混称。《诗经》谓"有猫有虎"；《逸周书》记武王大狩所获，猫虎相接。斯时之狸，野乎家乎？其貌若何？

据说，曾参曾经"梦见一狸，不见其首"（韩愈《残形操》）。曾参生于春秋，距武王灭商有半千之年，何以突然有此疑惑焦虑？或与其师有关。原来孔子的老朋友原壤丧母，孔子去帮他治棺椁，原壤一高兴，唱起撸猫歌。《礼记·檀弓》记录此事，歌词只有两句："狸首之班（通斑）然，执女手之卷然。"因为打头两字正是"狸首"，自然引出一个疑问：原壤所唱，是否就是周武王那"五百年前风流冤业"？《檀弓》没说，《礼记》另有《射义》章提及《狸首》，也仅具名，不及歌词，留下一段面目不清的公案。不管哪种解读，斑然之叹为猫而发，却无疑义，也不枉了狸花或虎斑猫是中华田园猫的形象代表。

近年有学者运用神话、训诂、民族史地学等新视角，综合清儒、近人研究及出土简牍材料，得出很有说服力的新结论："《礼记·檀弓》中原壤所歌就是《狸首》中的诗句，很可能是其中一章；'狸首'即鸮（猫头鹰）形神丹朱（此形象在传说演变过程中被狸猫替换）；《狸首》的内容与狸姓族源神话有关；《狸首》在西周穆王时期是被用于礼仪的。"（胡宁《原壤所歌:＜逸诗＞狸首考》，《历史研究》2014年第四期。）

辽金宋时代是民间宠猫世代的开始。北宋绍圣四年（1097 绘于河南登封黑山沟北宋墓室东北壁的《育儿图》中，孩童右侧有一方几，几上蹲伏一只颈系红带、口衔黄雀的狸猫；内蒙古昭乌达盟敖汉旗北三家村 3 号辽墓墓室西壁，绘有一犬一猫；河北井陉柿庄六号金墓墓室东壁左侧木柜盖上，蹲着一只猫。（见《中国墓室壁画史》第 319、231、382 页。）越来越多的猫可以不管老鼠但享清福。"瓶罍斗粟鼠窃尽，床上狸奴睡不知。无奈家人犹爱护，买鱼和饭养如儿。"（胡仲弓）另一方面，宋朝又是一个大吃"猫头"的社会。"忽得满盘堆鹤顶，更惊触眼出猫头。"（陈泌）手撸肥猫，嘴吃"猫头"，才是宋人标准的有猫生活。不过，此"猫头"非彼狸首，乃是毛笋别称。鹤顶者，荔枝也。好茶也是有的："猫头髡笋尖，雀舌剥茶粒。"（范成大）你想撸猫，梦回大宋就是，投胎到辽金地面，也成。

我要红之一，纸本设色，镜心，直径 32cm, 2020

上海宝欠

猫来了，纸本设色，44cm×68cm，2022

1999 年，《上海宝贝》出版。

书中，一只叫"线团"的"家野两栖海派猫"在数次出镜后不知所终。不过，这如草蛇灰线般滚过的一团线，现在看来，正好确凿成"天下无猫"时代的一个指纹，一枚消息潜通的猫界火印——

该书二十五节《是爱还是欲望》：

线团依旧野性难改，保持着街角垃圾桶与我们家两头住的习惯，在两点一线间很有规律地来来回回，周五周六在我们的床尾打呼噜，浑身散发着沐浴露的香气（天天负责给它洗澡消毒），而星期一一到它又像上班族一样夹着尾巴准时离开公寓，在街上任意游荡，夜幕降临的时候，呼朋引友，喵喵叫春，纵然是在遍地垃圾污物秽气上徜徉，依然有自得其乐享受其中的感觉。

有一段时间深夜能听到楼下群猫叫声此起彼伏，居委会组织人力整顿街区所有能藏猫的地方，特别是垃圾桶，野猫果然少了很多，但线团安然无恙地照旧在这一片街区活动。仿佛有逃过任何劫数的异常能力，天大命也大，偶尔还会带一只雄猫回来过夜，我们猜想如果有个"猫帮"的话，线团可能就是个女帮主，可以宠幸帮中任何一只大公猫。

二十六节《初夏的样子》：

当我口齿清楚地公布了这个派对规则后，一阵骇人的尖叫声、口哨声、踩脚声、酒杯破碎声骤然从房间里发出来，几乎掀翻了天花板，令正在打呼噜的线团几乎心梗而死。线团像离弦之箭一样一闪而出跳下了阳台，"它自杀了！"飞苹果带来的女孩锐声尖叫。

"不是，"我盯了她们一眼，我对喜欢尖叫的女孩没有好感，她们滥用美好雌性的声带，"它沿着下水管爬下去，上街散步去了。"

坐标：大上海——中国比肩北京而更前卫时尚的超一线城市；事件发生的真实时间或者说时间点，当与小说写作同时或稍前，即大致比该书出版之

村口, 纸本设色, 80cm×80cm, 2024

光锥之外

仿刘昶《断句》为野猫造像

白云满郭来，黄尘暗天起。
光锥四面出，江湖几千里。

时前推三五年，假定为 1995 年前后，处于猫从畜或兽幡变为宠物这两个世代之间似乎寂然不闻的二十来年区间之内，当属"天下无猫"初中期。

小说无意间呈现的事实是，那时猫族已大规模进入一线城市：上海到处是野猫，但猫的身份角色，仍相当尴尬模糊。

在阿猫这头，"女帮主"线团野性很重，见到陌生客人并没亲近求撸，甚而一惊而走。

由人视之，那时对付野猫的主要办法是居委组织清除，显然是驱杀，但没谁认为这样做有多严重不妥伤及爱心，因为城里猫奴仍为数不多，形单影只，真爱也好，矫情也罢，都未成声势。若卫慧此书写于 2010 年前后，居委会整顿流浪猫这种事即使提及，大概率也不会保持这样一种不矫情不心虚的真实自然的表述，而"野猫"极有可能要被改称为"流浪猫"——后者包含了一个假定：开天辟地以来猫就是被家养的，或者渴望被家养的，猫从来就没野过。在外面溜达？那都是猫命不好，被逼无奈的。

再看那天前来参加派对的人，有上海的，有北京的，有老外，包括出版商、双性恋摄影师、模特、诗人之类的十几个都市时尚族，进门无人撸猫，显然都非猫奴，或者说见猫必撸未成风气。

"它自杀了！"：尖声锐叫的女模特更是一点不解猫性。

但那位在周末给线团洗澡消毒并让线团睡床尾的男主天天，却又业已符合猫奴标准：非常符合。

对了，题目打错一个字，"宝贝"成"宝欠"。本想改正，转念一想，这是天机。那时猫欠，如今手欠，欠着吧就。宝总已经上岗。

再说我。也是十二生肖宝了个欠。这些年我真如野猫，东西南北远活一圈后，来居上海。这初来乍到的，真如当年线团得先靠自家命大。况且我已来迟：外面的时代，全非卫慧当年；内在的我，也过了遭遇宝贝的生命激情期。我如我所画，一只黑猫踽踽独行于百合花开满夜空的黄浦江边；我如我所画，在柔化光锥的四面埋伏中吠吠竖毛。不过，由时空之内，向光锥之外，这是唯一正确的：宝虽欠，贝必妙。

◎

像猫一样去战斗

"子曰：像猫一样去战斗，不亦乐乎？有鼠自谷仓来，不亦悦乎？"

昨夜秉烛复原清华简，《论语》当头竟是这话。我惊得一拍大腿，醒了，原来是南柯一梦。

孔子似乎喜欢善战之猫，也曾亲自下场助阵。《孔丛子》说，有一回孔子在屋里鼓琴，起初琴声清澈，天下太平，后来突然幽沉下去。他的学生闵子骞听出事来，拉着曾参一起进去探看，孔子哈哈一笑，说：对的，刚才猫正抓老鼠，我给阿猫鼓琴助威呢！

夜很静，远处有猫叫，听不出来是发情还是饥馁。

人生代代无穷已，阿猫一直在战斗。

子路原是街角少年，多力好斗。跑来欺负孔丘，反被收作学生。放在猫界，就是野生的大头虎斑，为姑奶奶的猫条上头。问题是子路反过来，要给孔子肉脯当学费。

子路把亏本生意做到死。据说他武功不错，善抡大斧。后来子路在一次激烈的战斗中帽子歪了，记起老师教诲，非礼不行，放下武器去正冠，敌人白刃交下，把他连人带帽光荣了。所以教化这件事，实在比齐天大圣被唐僧哄箍了金箍儿更要猫儿要命儿。现在我一看小视频上阿猫穿衣戴帽，就忧心忡忡。

38

铿锵记 像猫一样去战斗

三军, 纸本设色, 68cm×45cm, 2022

草上飞, 纸本水墨, 105cm×50cm, 2020

◉ 记得当年草上飞，铁衣着尽着僧衣。

有爪, 纸本设色, 45cm×68cm, 2020

巡山图, 纸本设色, 60cm×40cm, 2019

◉ 别看我小，不服单挑。

41

梅花拳, 纸本设色, 46cm×34cm, 2023

◉ 梅花开处猫猫怒, 乱拳打死镇关西。

44

天下脊梁, 纸本水墨, 70cm×70cm, 2020

◉ 壹百零八度炸毛，999 个吠吠！

铿锵记　像猫一样去战斗

门神图, 纸本设色, 48cm×78cm, 2024

47

◎

展威与教虎

　　"威势"是法家关键词。汉语也把"威"作为特别美评,偶尔非常抠门地赠送给动物界。获赠者谁? 唯虎与猫。

　　不过有差别。"虎威"是普通话中常用词,即使老虎被驯养得将近绝迹,这些年东北老乡偶遇野生老虎还得高喊"本地的!","猫威"却似乎只是多鼠时代的潮汕俚语。判断一只猫有威无威,是旧时乡下相猫人士一项必答题。

　　另外,虎威叫"发",猫威称"展",对象不同,其势乃异。虎啸山林,如暴风飙发,震栗百里。最有威的猫,往往被邻人借去除鼠。怎么除? 抱来往借家屋子红砖地上一站,弓背炸毛,低昂一哈,阿鼠就直接从屋梁瓦缝中摔落下来。

　　别看猫威不如虎,顶级之猫,名唤"油蹄",只需步步生莲,所过之处,三年无鼠。这真叫于无声处听惊雷,大威不展,估计老虎没学会。都说猫是虎教头,教啥? 上树。但虎至今没学会上树,蹄子也未出油。这是笨呢还是王者无师? 君不见阿猫上课之前,早给自己脚上抹油,保命的手段多留了一手。后来猫给人类打工,奇门遁甲,翻成克鼠奇门惊鸟花拳。

　　说到教头,《水浒传》中其威如虎的"东京八十万禁军教头"头衔,缺个"总"字,那就是大忽悠。教头在北宋属于不入流武职,大概也就班排级小教练。至于说禁军数目,等于国库有三万亿人民币,但和该国小民只有五毛钱关系。

不过林冲好歹是个京城军二代，他的父亲也是教头，边地军官鲁提辖早年见过。这就像阿猫，上树的技能传自祖宗，然后在天下无虎的时代，镇日上树吓鸟。

这一纸《教虎图》，是我 2018 年在重庆李子坝正街长帆江岸公馆蛰居时所画，送给老家的兄弟周君了。猫、树且不论，边上一丛鸢尾实在画得好。我于花卉无素习，当时下笔得猫神，正打歪着，花亦大好。像林教头风雪山神庙误撞陆虞侯，武行者醉上景阳冈，扫棒打得死老虎，如此这般野史上也只发生过一次的事，我怀疑也是阿猫教的。

教虎图, 镜心, 直径 30cm, 2018

猫师与虎徒的 DNA 有 95.6% 相同，你完全有理由把猫看作缩小版老虎，这是进化呢还是教化？猫老师留着上树的功夫不教，也说不准是自保呢还是那点"三脚猫家底"拿不出手。这不,消防员搭梯上树救猫的视频经常10万+地大丢猫脸。原来阿猫的爪子是向后弯曲的,适合向上爬,但若俯身向下,减速就难控制。对阿猫来说,上树总是太易,因为树梢有鸟。下树总是太难,因为制动不对。不过人类的担心是多余的,自从盘古开天地,没见哪只猫下不来树饿死在天上。神有意让猫这种精灵到半空发一会呆,让鸟笑个够,然后吱吱喳喳点醒它:倒行呀!倒行呀!你倒是行呀!

※ 行一步可人怜
——《西厢记》

行一步可人怜, 纸本水墨, 137cm×33cm, 2021

◎

　　猫与鸟，是大地与天空间不可言喻的密码。

　　很久以前，江南一个晴天，我走过运河上一座小桥，送女友非烟离去。将近停车场，我们的脚步惊起地上几只小鸟。我知道那就是我与那个那时我正爱着的女人在当下社会现实时空中近在咫尺却不可撤销的距离。因为，我是猫，她是鸟。

　　虽然猫与鸟千万年来共同进化，但杀鸟一直是某些人反对养猫的一个愚蠢的理由。《怪诞猫科学》中说，在美国，猫每年杀死13亿至40亿只鸟类。英国皇家鸟类保护协会报告说，英国的猫每年捕获2700万只鸟，但没有明确的科学证据表明这种死亡率会导致鸟类数量下降。"有证据表明，猫大多捕杀那些虚弱的鸟，大多数被猫捕杀的鸟很可能在下一个繁殖季节之前就死于其他原因。"限制猫的做法有时适得其反，因为老鼠对鸟类和小型哺乳动物的杀伤力十分强劲，而猫捕食老鼠。

　　如此说来，猫替天空抉择出健翮之鸟。飞呀！那弄得我一地猫毛的女人，定为好鸟。

52

一地猫毛, 纸本水墨, 68cm×45cm, 2023

53

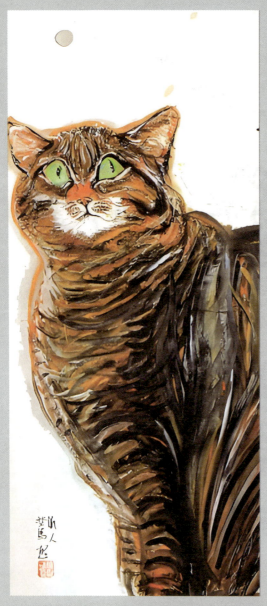

山立, 纸本设色, 70cm×38cm, 2024

奔跑吧，小猫

必有一战, 纸本水墨, 68cm×44cm, 2023

《诗经》说韩国之地广大富庶，"有猫有虎"；《逸周书》说，武王出狩，擒虎廿二，猫二。朝歌凯旋，武王作乐，为《狸首》之歌以节射，示天下休兵息甲。《礼记》所载农业大祭"八蜡"，猫虎皆神，迎虎驱野猪，迎猫食田鼠。虽说先秦猫、狸多为通名，可以包括诸种小型猫科动物（家猫的驯养应已开始而远未普及，狸、猫多指野猫），但有一条是可以肯定的，即阿猫从一开始就是以战士的身份进入社会生活与历史的。

我想起小时听熟的一首专说反话的潮汕歌谣，打头就拿猫开玩笑：

老鼠拖猫上竹竿，鸡仔倒退踏死鹅。
尼姑抱儿走去看，老爷（指神像土偶）生仔稳筐箩。

猫虽克鼠，也非百战百胜，偶有猫不敌硕鼠至遭反啮，这种事甚至上了正史及占卜之书，如《旧唐书·五行志》《开元占经》等，成为天下乱亡的征兆。猫战士，大不易。

55

奔跑吧，小猫，纸本设色，84cm×68cm，2023

◉ 没关系。奔跑吧，小猫！
　　战士的使命，就是在与必杀之敌的战斗中不断产生烈士。

56

立足插足图, 纸本水墨, 双镜心, 直径 30cm, 2019

● 在脚底上远眺，于插足中立足；
　在不断面对与出发中保持且丰富自性，
　在与时俱进中八面玲珑，
　在宠溺世代保有孤独与高冷。

奶牛猫小霜，先天断手，决不服输。

说人话，小霜是一只瘸脚猫。

但神仙不同意：小霜非残疾，它是喵界铁拐李。

神仙的鉴定，小霜显然同意。它藐视二脚兽，不惧四足喵，自比铁拐李，按照神仙逻辑行事，毫无残疾衰病的气象，干架第一名，出门草上飞。

小霜打架，不知怯为何物。

打架的小霜，是无畏的，励志的。

向小霜学习！

◉ 小霜先天断手，
妈妈花六千元给这可怜的
孩子做了去骨刺手术，
如今荣升喵界铁拐李。

铁拐高眠记，纸本设色，135cm×35cm, 2023

妙歌诗：
在古墩路小酒吧

在古墩路小酒吧
一只黑猫纯粹如鼠

它刚刚许愿
愿酒百发百中
射入大家喉咙

铿锵记 妙歌诗：在古墩路小酒吧

大夜, 纸本设色, 48cm×48cm, 2024

61

猫史记·狸血有信，猫民无史

《五灯会元》有这样一句话："猫有歃血之功。"或说语出五祖，或说出于宋代归省禅师。

不过，遍查二十四史，歃猫血为盟誓者，唯《宋史·蛮夷传》一例。

广西有抚水州（今贵州三都、广西环江一带）蛮，即今之水族。唐时自为部落，宋初始受羁縻。其酋领皆蒙姓，叛服不定。宋真宗大中祥符九年（1016），蒙承贵又率众反叛，刺史曹克明平乱，绥抚有方，蒙承贵等"感悦奉诏，乃歃猫血立誓，自言奴山摧倒，龙江西流，不敢复叛"。以猫血盟誓，自是从蛮族之俗，说明抚水蛮视猫为异兽，存在以猫为神乃至本族图腾的祭祀崇拜。更奇的是首领姓蒙名承贵，而猫正好有个别名叫蒙贵。清人黄汉《猫苑》引明人黄衷所撰《海语》："一种名蒙贵，类猫而大，高足而结尾，捕鼠捷于猫。"又谓"考《尔雅》作'蒙颂，猱状。……而《集韵》乃云：'猱即蒙贵也，紫黑色，捷于捕鼠。'"云云。《尔雅》为中国最早字书，成书于战国或西汉，如此穿越时空的渔樵问答，想非巧合所能尽解。不仅抚水蛮，"贵州猫蛮""桑州生猫""广西猫军"乃至"猫人""猫民"等称呼屡见于宋元明等朝正史，宋以后猫儿窝、猫儿垭、猫儿梁、猫猫山、沙树猫等猫式地名也明显多起来，且多属边地。

这些以猫为名的族群，换成南北朝以前的称呼，该是狸蛮、狸人、狸民之类。狸（貍）之为族名、地名，早已出现。《史记·赵世家》："（悼襄王）九年，赵攻燕，取貍（今河北任丘市北）、阳城。"当然，根据考证，此貍本义为长着一张猫面的鸥。南朝刘宋时，"广州诸山并狸獠，种类繁炽，前后屡为侵暴，历世患苦之"（《南史·夷貊传》）。随着中原及长江中下游开发程度或曰王化程度的提高，蛮族的活动空间相应受到挤压，不断向中国东南、西南部转移。此区域为温带亚热带地区，尤多高山密林，小型猫科动物较北方为多。"蛮语钩辀音，蛮衣斑斓布。熏狸掘沙鼠，时节祠盘瓠。"（刘禹锡《蛮子歌》）

可以想见，狸族猫民于斯更盛。只不过此前这些族群的活动鲜少进入以中原地区与华夏族建立的王朝为中心的历史视域，资料阙如罢了。

狸血可誓，猫民神隐。

走在乡间小路上，纸本设色，48cm×63cm，2024

春到良渚, 纸本设色, 70cm×70cm, 2018

　　春到良渚,玉气清辉。我曾在杭州良渚文化村生活三年多,一日笔下自然流出此画(右图)。乍一看,以为是吴冠中佚作。
　　猫星人下凡,如果降落在春天的江南,开眼看世界,该是这模样。

包点心，纸本设色，70cm×70cm，2024

妙歌诗：
玻璃雨天

打开门
女人带进寒气和雨水
男人赶紧关上门

女人没带伞
她把湿了些儿的红塑料空碗放回门后墙边
眼中却有晴空的暖意

"好在去了。你猜怎的?
破铁门内的碗吃得空空的
大狸猫母子本来在破家具后睡觉
今天出来了, 真给脸
它俩在五步外看我
美极了, 那眼睛中的玻璃绿! "

躺唇记 妙歌诗：玻璃雨天

风雨故人来, 纸本设色, 53cm×35cm, 2024

◎

了不起的猫睛石

猫睛石，特指具有猫眼效应的金绿宝石，以蜜黄、酒黄为正色，全球只斯里兰卡出产。据说我国存世猫睛石仅五颗，基本出自明清帝王陵寝，与我在上海闵行博物馆"万历那年：明十三陵·万历文物特展"上睛光相遇者，即为其一。

"南番白湖山，有番人畜一猫，后死，埋于山中。久之，猫见梦曰：'我活矣，不信，可掘观之。'及掘之，惟得二睛，坚滑如珠，验十二时无误。"疑为明人所作志怪小说《琅嬛记》记录有这一件发生在海外的猫睛异闻。仅养一猫，即收二睛，呃，这让今日普天下无量猫奴情何以堪？

不止呢。

《清史稿·舆服志》有定规，皇后、妃子朝冠上所缀东珠、珍珠有多至二位数者，而少不得 C 位一颗猫睛石。如皇后朝冠前面的朱纬，按礼制装饰东珠九颗，珍珠二十一颗，猫睛石仅一；后面金翟缀珍珠十六，同样只配一颗猫睛石。几年前我画过一张水墨，一个女子肩扛双猫，猫睛四颗。当时想到老杜名句"玉山高并两峰寒"，借为画目。换成今日，上来直接题款：两宫太后。

包括猫睛石在内，十三陵出土的"明潢贵器"冠服器物上镶嵌的各种彩色宝石，多来自海外，与中国传统玉石属不同类型，宋元以前不多见。富贵之外，也表征了大航海时代的到来。明朝人性急语直，直呼"猫睛"，连正史都这么叫。据《明史·外国传》所记，同在明朝，前后相隔一百来年的永乐与隆庆年间,宫廷曾二次采购猫睛石。第一次由一名姓周的太监远购自阿丹国（位于今亚丁湾西北岸一带）；第二次，隆庆帝朱载坖不顾大臣谏止，特下急诏。隆庆帝乃万历父亲，在位仅六年，自个没享受多少时间。我在闵行博物馆看到的那一颗万历皇陵出土的酒黄猫睛石，很可能就来自隆庆帝的采购清单。

《明史·外国传》还曾描状远来经商的"大西洋人""长身高鼻，猫睛鹰嘴"，用猫眼金碧圆大的特征来帮助国人认识老外。么么哒，这猫睛可不成了大明王朝的"世界之窗"！

玉山图，纸本水墨，32cm×48cm，2023

六盏灯，纸本设色，35cm×100cm，2023

◉ 三只小猫，六盏明灯。
这猫睛石的排场，若对标大清朝礼制等级，
该当三个皇后。

不过这明摆着都是刚入宫的妙妃子，
瞪着不知皇上公公为何物的惊奇眼。

◎

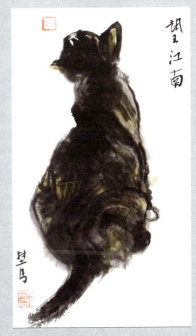

望江南, 纸本设色, 58cm×30cm, 2024

江南良夜：
猫偕佳人来

回到2011年的杭州小河直街，还从江南见猫之日说起。

那一日大狸花如天外来客在门口出现，停了会，居然迟迟疑疑婀婀娜娜自个走进门来，一路猫步到桌下——或许是我正在吃饭，鱼腥味吸引了它——我俯下身伸手去摸，它也没怎么闪避。我这十指皆螺的如涡纹面，正好够着它那如山如虎的斑斓之额，"狸首之斑然"，一下子真切可感了。

我夹了几筷子鱼肉给这位不速的江南佳客，它嗅了嗅，吃起来。

太憨愣、太可爱了！那一刻，套用一句我少年时偶然读到便刹那上头并忆念至今的唯美表述：我的心软如溪水。我甚至动了把它养起来的念头。

转念一想，我于江南尚为客，而与猫的离别也已太久，别造次，先闪过。

大狸花吃完鱼肉，看看我，似已洞悉一切。它挪转屁股慢慢走回去，迈出门槛，消失在门外。

这回，它掉尾如旗，高举而未触门框。

73

至于我，大狸花的乍然出现，竟像对失忆者一次精准有效的电击，几乎一下子唤醒了我儿时在乡下度过的那段时光中对猫温良诚朴的美好记忆与自然喜爱。

一年多后，养猫的机缘真的来了。

2012年深秋的一个夜晚，几位朋友应邀来小河家宴。我出门买菜，归途走过登云路，浓浓秋意乍触灵感，我在步道上随手捡择四五片五彩斑斓的三角大枫叶，回来洗净，摆桌做了大家的餐垫。这写在运河薰风上的神来之笔与潮汕美食、烫暖的姜丝花雕一道，让座中一位甜美女孩对我想养猫这件事上了心。几天后，她从一个经常收养流浪猫的朋友那儿给我抱来一只小胖猫。忘了是原带的名字还是当下打诨急就，小猫得名"肥婆"。

人比黄猫瘦，纸本水墨，30cm×20cm，2023

"肥婆"全身奶白，只在耳朵到眼睛部分有两摊不对称的黑，又黑不到底，带点随时处于被否定或被淹没状态的褐，和我小时看惯的大多数乡下土猫一样，不得不说这种长相非常普通、普遍。用我后来才晓得的毛色分类，肥婆属于不标准的奶牛猫。

那时网络购物还不很发达，我知道附近上塘路的百货市场楼上有个宠物区，主要卖观赏鱼和宠物鸟，附带有数家猫狗用品店，就上那儿打听养猫门道，按指点买了猫砂、便盆和两种口味的散装猫豆，算是开始我的江南有猫生活。

肥婆进门两三天就熟悉了环境，认了主人，一周左右能认门，可以周边溜达，自由出入。它那相当黏人的猫性，也一天天显露并厉害起来，一瞅我坐下，就跳到我腿上，或者在我读书用电脑时横卧书桌，并努力把脑袋枕到我手臂上。

寓所楼上有个向河中开的大窗户，窗框外向下不到 20 公分的地方就可以触摸到叠叠青瓦，那是房子一楼后部向河斜出的屋顶。缘此，肥婆不久就获得一些哲学家与探险者的气质，经常蹲踞窗台，向着河对岸与直街平行的另一条名叫"小河东河下"的老街以及更远的大运河方向长久凝望；放在古时的月夜，这种姿势大概属于《坚瓠集》所记金华猫之"蹲踞屋上，伸口对月，吸其精华"，据说久能成怪，出而魅人，"逢妇则变美男，逢男则变美女"。好在肥婆不太关心月亮，常在白天冥想，想起来什么，就急步趋出，消失在窗外那一户挨着一户的高高低低的临河瓦屋顶上。有一回它不知何故跳下或是跌落到屋子右侧与长征桥成夹角的一片竹林中，竟然自己走不出来，喵喵大叫。至于我是怎么解救它的，忘记了。

肥婆极喜且顽固坚持而我坚决不允的另一件事，是上床。

不仅在我休息时，肥婆总试图跳上来蹭觉，平时一有机会也总要蹿进二楼里间卧室，偷偷跳上床去盘麻花，特别是冬天夜晚——尽管外间有专门给它准备的暖窝。我则高度警惕，坚决驱赶，往往伴以厉声呵斥。拉锯好长一段时间，它才终于明白并接受这是主人划定的禁区。

如此反应措置，在我可以说不假思索，遵循的是猫为家畜的童年生活经验。那时乡村的猫不属宠物，无上床与主人同寝之理。另外住所楼下出门即街，平时肥婆自由进出，爪掌不免印了尘泥。"暖老温贫""猫不让上床养不住"等猫奴界广告词或者说告诫性常识，我都是等到四五年后才听闻知晓。

75

金风，纸本设色，80cm×44cm，2024

侍寝图, 纸本设色, 58cm×88cm, 2019

不过, 这个禁忌, 后来还是难以坚守。

肥婆"过门"不久, 就悄然开始它猫生的第一次发情（幼猫似乎长到七八个月就开始发情, 这也是我多年以后才知道的"猫百科", 而且那年头我根本没听说给猫做节育手术这回事）, 并在深冬猝不及防揣起大肚子。

五月, 纸本设色, 镜心, 直径 50cm, 2018

第二年早春，肥婆在二楼壁式书柜下方一个铺好褥子的空格中产下一窝四五只幼崽，等我发现时，它已将自己和儿女们舔得干干净净。几天后，我把它们一家移到里间卧室门一侧的衣柜下。小奶猫的可爱，真能融化人心。我的床是用长 2.4 米宽 1.2 米的两整张胶合板并在一起做成的双层大平面，很宽。有蚊子的季节，会加一个用铝管四面撑开的穹庐式蚊帐，顶上正中收拢成一个小圆圈。小奶猫们甫能走动，就无师自通地把蚊帐当成攀爬网，通常四面奔袭，最快的一只直接登顶，荡进小圆圈，如无人机悬停，360 度俯视四仰八叉裸睡的我。我禁之不及，无如之何，且由它去。

阿猫亦瑜伽, 纸本设色, 35cm×100cm, 2020

生活·读书·新知三联书店的"新知文库"第 115 种《离开荒野：狗猫牛马的驯养史》引述英国《都市地铁新闻》一位女博主的话"爱猫的男人很性感"，并说有个团队调查了逾 1200 名宠物主人，近四分之一的男性承认他们将宠物作为诱饵来"泡妹"；三分之一的女性也表示，她们更容易被养宠物的小伙子吸引。英国人斯蒂芬·盖茨所著《怪诞猫科学》记述的一项调查说，比起不养猫者，女性养猫者的吸引力可以提高 1.8%，而男性养猫者的吸引力可以提高 3.4%。我于江南初养猫时倒无如此动机，或者说不知道宠物世代的猫咪已然自带桃花春讯，不过，肥婆之来，本缘佳人，养之不久，也自牵罗衣、引疏影，偶尔活色生香了我的江南生活。

举个例。

肥婆未当娘之时，初冬某夜，我在二楼向河的窗前打开电脑写作，肥婆照例卧在我肘边为它专备的毯子上。突然，它的一对前爪开始有节奏地一上一下按压毯子。我好生奇怪，几次按住，手一松开它又继续动作，根本停不下来，还一脸痴迷，发出呼噜声。我于是在 QQ 或是微信上（那时应该刚有微信）请教付雪，一位我不知怎么加上的未曾谋面的美女。我在圈上晒肥婆，她经常点赞，偶聊数句，遂知彼此爱猫，引为同俦。付雪的懂猫级别果然比我高，回复说这似乎叫"踩奶"，是猫在回忆并模仿幼年吮吸母乳时揉捏母猫乳头以刺激出奶量的愉悦行为。换言之，猫想妈了。

肥婆当娘不久，暮春某个周末的下午，付雪突然私信我，说她和闺蜜正好逛到小河直街，想起来有个大叔住这儿，家还有一窝小奶猫，闺蜜也是养猫的，如果方便，过会顺道来看看。

我回复：在的，欢迎来喝茶。44 号，街尾最后一间。

十几分钟后，一双春风璧人出现在有猫的地方。

付雪是北方姑娘，毕业于浙大，主修经济法学，文理兼通，在一家经营跨境电力业务的公司负责法务，经常出差南美，人飒胆大。一起来的她的闺蜜姓林，杭州人，且叫她林姑娘。林姑娘本科学音乐，主修钢琴，留学英国，海归后先在上海工作，刚回杭州不久。如此一对才女，又都容颜姣好，雪肤修窈，明眸善睐，开朗爱猫，宁非玉人天降？肥婆也算小小社牛，不太怕生，听由我把它抱给小姐姐撸。至于奶猫，两位资深爱猫美人只是上楼偷瞄一眼，大家都晓得母猫性疑，不宜过分扰动。

猫撸到即止，人一碰，气息是清鲜性感的，话题也对得上。茶过三巡，越聊越投机。

我想起冰箱中有一锅活醉湖蟹，已经三日沉醅，正到开襟迎齿时节，足醒灵根妙舌，遂邀丽人留饮。她俩欣然同意，陌生拜访于是变成契阔谈讌。当晚，宾主三人在小河直街的江南烛光中姜丝温酒，准风猫谈，居然慢慢喝光一陶瓮泥封的十斤装十年陈绍兴花雕。

肥婆动名姝，湖蟹当雕垆。佳人半醺后，月下醉归扶。

后来林姑娘还独自来饮过一回，迎了肥婆的一个女儿二花去和她妈妈正养着的猫做伴。

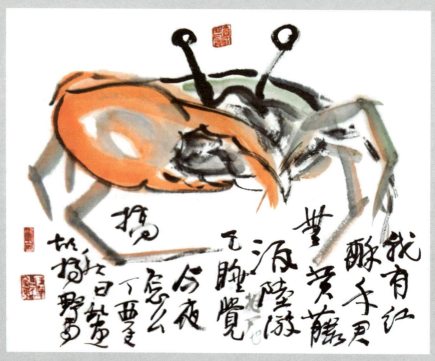

秋蟹图, 纸本设色, 58cm×88cm, 2018

◉ 阿猫躺唇，天地流酒。

80

叫春与画梦

唇上的日子, 瓷板画, 32cm×23cm, 2023

唇上的日子, 猫界名曰"叫春"。

"猫叫春来春叫猫, 听它越叫越精神。"可惜, 人间失猫数十年后, 阿妙虽再出江湖, 返场江南, 自由之叫, 勃发之春, 十之七八早已风中喑哑、消歇。

苏东坡有诗: 年年欲惜春, 春去不容惜。猫叹: 今年又嘎蛋, 抛掷胭脂雪。

这个和苏东坡黄州寒食一样不免萧瑟悲伤的话头, 后面有黑丑陪着聊。今儿个, 我们还是回到旅途中的暮色, 看那少女的美丽剪影——

"暮色与暮年。我到哪儿去? 旅途的尽头等着我的是什么? 我在车厢内各种不同的乘客的脸上得着一个回答了: 那些刻满了厌倦与不幸的皱纹的脸, 谁要静静地多望一会儿都将哭了起来或者发狂的。但是, 在那边, 有一幅美丽的少女的侧面剪影。暮色作了柔和的背景了。于是我对自己说, 假若没有美丽的少女, 世界上是多么寂寞呵。因为从她们, 我们有时可以窥见那未被诅咒之前的夏娃的面目。"

很久很久以前，我便为何其芳《画梦录》中的这一段话所打动。

新冠疫情之后，今日之城乡清夜，套改何氏画梦语境："假如没有残剩的叫春——流浪野猫或尚未卸卵嘎蛋的一二家猫那应时而发不可抑止的生命呐喊仍时时起伏，世界是多么寂寞！"

虽恨乾坤春瓯缺，且随阿猫约会去！

约会去, 纸本设色, 68cm×48cm, 2022

◉ 桃花开，约会去。

上头, 纸本设色, 44cm×34cm, 2022

◉　奶牛橘白，一吻上头。

幸福肉，纸本设色，44cm×38cm，2022

幸福肉

午后，非烟来看我。正值春困，享受着与欢喜冤家双脸相贴的沉酣时光，半梦半醒中突然四不靠闪过三个字：幸福肉。

这梦中色界的神思快闪，真是妙不可言的发现——我马上明白而且确信，我身上长着一片最幸福的肉，就在、就是我的脸颊。

小时我是否曾经这样脸贴着妈妈睡，记不得了。长大以后，若和喜欢的女人相拥而眠，我最喜欢把脸颊贴上去，只要她与我两颊相贴，我就天地都放下，四肢百脉无限贴实，所有思虑都停止，片刻即入半梦半醒佳境。这脸颊写满了太初的安宁，的确是我身体上最幸福的一片肉，完全可以定义为我的"幸福肉"。而与心爱的女人贴脸而眠，则是开启幸福的直接办法。

刚循梦入酣
又听见自己打鼾
这时雨打空窗
偶尔来天使

最舒服的事：用白天堵住眼睑
黑色的栓塞：淤留而奔迸

贴着她乳房一样的春腮
我陷入极深极深的睡眠

撩，纸本设色，90cm×48cm，2024

非烟的春腮，是否也因与我相贴而过电，并每每同入极深睡眠呢？我没问过。外面的世界，则似乎没听别人说过类似的经验。我因此起了好奇和猜度，是否人人身上都有这样一片"幸福肉"？若有，是否幸福肉的部位因人而异呢？本有幸福肉的众生，是否因为身体感官浮沉在日常感受中而早已钝为寻常呢？或者竟是密码很少被触发呢？……呵呵，打住。记得有阵子各处都在大做幸福文章，假如搞一个"我的幸福肉"征集或调查，说不定人人都会发现自己独特私密的幸福肉。

即使调查结果显示"幸福肉"只是特例，或者神经科大夫诊断其不过是恋母移情或心理畸形，乃至后来针对猫行为的科学研究告诉我"猫会摩擦辈分比自己高的"——那意味着我之贴贴是认怂——我仍然认为我造词有功，幸福与肉真的很配很搭：幸福很肉，必须肉肉。

苏东坡命名了东坡肉，毛泽东颇馋红烧肉，这是妇孺尽知的掌故，可见高人伟人对肉都是很有感觉的。再想想，大唐盛世岂能少了贵妃肉？西门大官人当日就常对李瓶儿潘金莲们咂舌：肉肉！他与武松那个三寸丁谷树皮兄弟一正一反，衬得大宋市井一皮一肉；后来欣欣子序《金瓶梅》，居然揣摩出来"一双玉腕绾复绾，两只金莲颠倒颠"，可见明朝市井，也是肉颤颤地猫步满街。再肉开去，阿炳颤二泉之肉，龙井发明前之肉，水墨泅五彩之肉，猫睛活宝石之肉……又见某才女博客上有一组仙人掌小盆栽，起名"肉宝宝"，可谓眼中悟道，世界生肉。而今日平常人生最贴实肉感的幸福，在我看来，也不过如冬晨晏醒，春阳午困，清明晴暖，肉躺日，日晒肉。

无端就想起一个少时听来的笑话：某地有一胖画师独擅没骨画法，墨韵淋漓，不测笔势。画师有一怪癖，每画荷，即独闭一室，高窗糊纸，关门屏人，在房间里唔然有声一场大弄。终于有好事者偷偷架起梯子，夜里爬到画师屋顶，猫一样从天窗往下看，当时失声大笑，滚瓦落屋，一腔五裂，三句肉疼。

好奇害死猫，疼臀哥看到什么——

天窗之下，画师灌墨满桶，铺纸在地，脱了裤子，光臀去那松烟漆海里一坐，然后运气提腹，两爿屁股肉如大驱出港，去那宣纸上贴印扫擦，再取笔勾皴点染，刹那满湖荷风，肉韵四溢……

三世诸佛，疼肉疼肉；幸福很肉，荷也肉肉。我的小河生活，幸福了我的左颊之肉。

生如阿猫

生如阿猫，纸本设色，35cm×80cm，2020

　　这幅画被我老家一位民宿老板收藏，挂在最高档的套间墙上。他告诉我，有客人见之不忘，颇受感染，第二次带全家来汕头亲测"美食孤岛"，点名预订这间房。

　　客从远方来，遗我双鲤鱼。上言加餐饭，下言长相忆。亲情爱情，都是世界上最好的开胃菜。

　　人是很容易被猫感动的，尽管猫不知道。猫天生独来独往，并让独居的人安居。但猫亦相腻相亲，爱贴求撸，全身都是幸福肉。

　　我有一只猫，足以慰风尘。

隔墙花影动, 纸本设色, 35cm×80cm, 2024

◉ 隔墙花影动，疑是妙人来。

沧海月明珠有泪, 纸本设色, 70cm×42cm, 2019

◉ 夜深忽梦少年事，沧海月明珠有泪

将进酒：
我辈岂是蓬蒿猫

传说，猫能饮酒。

金代诗人李纯甫写过一首叫《猫饮酒》的诗。

清咸丰年间的浙江温州人黄汉是个有意思的猫奴，所著《猫苑》专辑古今猫咪掌故。他专门做了试验，证明猫真可为醉乡客，但喝法与人不同："不可骤饮以杯，须蘸抹其嘴。猫舔有滋味，则不惊逸。及十余巡，辄醺醺也。"我小时常听大人说北方人善饮，孩子小时，父母常拿箸头蘸酒抹孩子唇上。如此说来，猫与人也有非常相似之时。

《猫苑》还记录"醉猫"趣闻数则，如谓一位黄姓友人的父亲曾获赠"洋猫"，貌雄体重，却很懒，不捕鼠，"日则窃饮瓶中酒，夜则醺醺然卧"，听起来已超前完成家畜向宠物的进化。再如某官员只喝酒不管事，"人皆呼为醉猫"。

科学研究已证明猫只有470个味蕾，人类靠8000到1万个味蕾才尝得出的清香浓香酱香，猫舌头可能无感。人须酒而醉，无钱沽酒，愁杀老杜。猫偷酒？那是给奴才面子。

仰天大醉躺酒去，我辈岂是蓬蒿猫！

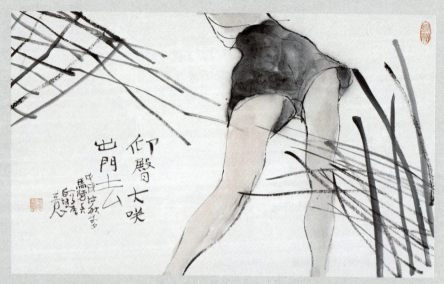

仰臀大笑出门去, 纸本设色, 42cm×70cm, 2018

我醉欲眠图, 纸本设色, 44cm×66cm, 2018

躺唇记　将进酒：我辈岂是蓬蒿猫

◉ 我醉欲眠君且去，汝可随孤躺弯来。

三

93

弯弯的阿猫

内卷之世，动言躺平。

躺好说，平不易。

唯阿猫，随便躺，自流平。

猫生如梦。猫以嗜睡饱眠著称，十二时辰醒时少，一生七分在梦中。

猫身如水。猫不择地而躺，从躺如流，自躺而平。随便想象一只懒猫、巧猫、醉猫、喜猫、春猫、天猫、奶猫、老猫、三花虎斑奶牛布偶英短无毛暹罗乃至狲猁渔猫豹猫，一只活了九千九百九十九次的野猫，一只甚至连怎么抓老鼠都早忘了的宠物猫，在墙头、椅背、被枕、瓦檐、抽屉、泉石、纸箱、神龛、树杈乃至垃圾桶、天尽头，抑或在主人肩头、车架、鞋帽等处，随便盘个鼾声大作的水涡云团，或者摊成"二段论"甚至"三节鞭"。中年以后渐次展开的江南生活又让我联想到另一些柔软印象，是仿佛山中人家在秋天柿树下晾晒大裤衩，束腰的布带正好搭在竹竿上，柿树外当有水库长潭，水影被云气吹折过来，把两只裤筒子撩弄得一笔一笔；或者晒在竿上的染丝、团在篮上的面线，恍是张萱捣练，周昉写唐；又像闰土抡叉，老蒲拨扇，要写下什么山间故事，又一次次欲言不成句，而禅机已证，天心月圆。

某日闲坐，突开脑洞，请一只小猫咪，在诗意之境美好之物上甜鼾躺平，毋须酒，不用喝，它们就随喜过起云上、鱼上、唇上、花上乃至钱上、月亮之上一溜儿开挂上头好日子。

花花世界,烈烈红唇,正不妨吾辈猫奴自作妙人,像猫一样过日子,躺云躺鱼躺康熙。我等众生也不妨以猫为师,能躺则躺,应平尽平。

弯弯的小河上有弯弯月亮,弯弯的被窝里有弯弯阿猫。

球上的日子, 瓷板画, 24cm×22cm, 2023

◉ 吾有斗酒，
　藏之久矣，
　以备子不时之需。

猫总藏酒图，纸本设色，135cm×35cm，2019

尾牙图，纸本设色，70cm×50cm, 2019

◉ 岂曰无鱼？与猫同尾。饮于牛栏，使我牛逼。
某年年底，友人刘兄网上晒公司尾牙图，我灵光一闪，信手让阿猫代人上席吃酒。这牛栏猫还真牛运大行，被编辑选中，醺醺然上了拙著《潮汕往事 潮汕浪话》封面。

抱抱, 纸本设色, 扇面, 2018

2017 年年底, 倒数第二天。凌晨憋醒, 裹起睡袍进书房, 当头遇酒。

不是喝, 是闻。

不是开瓶闻, 是砸碎玻璃瓶子闻。

不是我动的手, 是衣钩直接把她从柜顶撩下地来, 是她自己蹦极。

她是谁? 酒。一瓶我从日本四国岛一个小城带回来的烧酒。三天前刚进的家门, 来不及拍张照就玉碎了, 好像一个盛装的和服女孩, 不待宽衣解带, 兀自铺成一地樱花。

如是我闻 : 浓洌的酒香, 醉了脚丫与地板。

是我造的孽, 设的缘。

连着两日冷雨不断, 昨夜睡前, 我把晾在阳台外的一件内衣拿进来, 想想, 最好放在书房空调下热风吹干。内衣轻, 衣钩也轻, 而酒有粗苗的瓶, 站在书柜得宠的位置, 脖子光亮如雪。

我对酒说, 让钩钩抱抱你。

我对衣说, 你替我抱抱她, 钩钩好。

就这样, 它们抱了一夜, 钩了一宿, 在凌晨, 激情刹那迸爆。

衣钩愣怔。而我听见一地流酒喃喃 : 抱抱, 抱抱。

穿过树林小径, 我听见竖起的竹头对横过的竹管说 : 抱抱, 抱抱。那声音正在生锈。

坐下来, 我听见膝盖对猫说 : 抱抱, 抱抱。

我听见孤独的人生对虚空说 : 抱抱, 抱抱。

妙歌诗：
叶之冥想

我在初秋就闭眼冥想：
碧云天
黄叶地
碧云天
黄花地

一片黄叶果真浑圆鼓起
呼噜而抓挠
疑似猫咪
疑似猫咪

冬天转眼到来
春季以前的一切早已被时间覆弃
这片茸茸黄叶却在门外深草中深深做爱
代人呼天抢地

猫屎怎么埋咖啡，纸本设色，135cm×35cm，2024

猫史记·中国文学中的猫基因

　　一个也许从来没人想到、提及的话头：中国文学—文化中有颇强的猫基因。屈原本是楚国大臣，失宠放旷，就像家猫被逐而成野猫。都说他行吟泽畔自投汨罗是因为爱国忧君，问题是一个大男人自比香草美人，艾怨得不成样子，《离骚》兮兮，《招魂》些些，像极了猫儿喵喵。难怪有人认为楚王有龙阳之癖，而屈原可能以大臣之身兼其宠侍。香草美人后来成为中国诗教一大门派，亦可以说是中国古典文学中一个重要传统，够猫的。当然，猫怒吷吷，不兮自响。这类作品屈原也是有的，比如《天问》。

　　如果说中国南方的猫主打的是失宠家猫、怨旷野猫，北方的猫则是战斗的猫、叫春的猫、不羁的猫。周武王以《狸首》节射，自属武乐；《周礼》祭猫，为其能驱田鼠。据传孔子见猫捕鼠，鼓琴助攻；庄子亦大声赞叹："子独不见乎狸狌乎？卑身而伏，以候敖者；东西跳梁，不避高下。"关关雎鸠，在河之洲。氓之蚩蚩，抱布贸丝。挑兮达兮，在城阙兮。这个世界会妙吗？《诗经》的风雅中响满双声叠韵的咏叹，便是"兮"也兮得泼辣热烈，与南方水滨的单调孱弱形成鲜明对比。孔子克己复礼，偏偏有个放浪形骸的朋友原壤。原壤踞坐失礼，伤害了孔子，惹得他在《论语》中破口大骂。换个角度想，设若《狸首》二句真是原壤的即兴创作，在先秦就知道阿猫可撸且撸出大快乐来的，也只此一个乾坤浪荡人了。

猫徒子好色赋图，纸本水墨，135cm×35cm，2023

肆 蓝烟记

西湖深日

妙歌诗：她是那种精灵——致女诗人

炮兵部队抓鱼记

我目击大鱼掠走一只猫

妙歌诗：猫步

猫史记·曾经风神是阿猫？

西湖深日

在路上, 46cm×34cm, 纸本水墨, 2023

那是个深日
啥都深
湖区深草间
深黑在彪悍

它有狗的体积，罗汉来历
它如豹窥人，蛇式拖尾

它打坐，言下之意：
在湖光闪烁处搁浅的那团雪白
必是我认证的太太

果然
当白猫晃着屁股慢慢走向王
西湖猫律：白蛇归法海

104

这首《西湖猫律》大约写于2013年年初。作为西湖猫事的偶然目击者,我记得自己当时的位置,是在柳浪闻莺近湖岸的一处浅水湾边。

正是在那个春日目击柳岸深草间长得颇像肥婆的慵懒大白猫慢慢走归黑法海之时,我萌生出把肥婆放野到西湖的想法,并认为这是个颇具纵虎归山撒鸟投林意味的诗性创意。我想,对肥婆来说,虽然重新做回野猫,但从此生活在杭州西湖,岂不快哉。西湖不缺法海级大公猫,一年四季,应叫尽叫,能春便春。再者,狩猎本是猫科动物天性,西湖万类生生不息,网罟愈禁,禽鸟益繁,湖上野猫可狩猎至死。亦有志愿者定点投喂;短亭山阁、楼台画舫,皆可避雨躲风。理论上,凡符合天性之事,即为乐事,把西湖看成猫界法海白娘子们的上林苑、快活林,有何不妥?

黑精灵,纸本设色,68cm×45cm,2023

我把这个主意说给女友 Tianchow 听,她笑笑没说话。Tianchow 小我十多岁,来自关中古都,祖宅就在杜陵附近,天性之桀骜与对自然野外之热爱远过于我。但她此前于猫事竟一无所知,多年后才开始对绿眼睛的黑猫发生兴趣。那时她大概也不认为、不知道野猫与家猫有多少区别、多大区别。

话说肥婆这一窝小奶猫长得欢,不久就满月,长到五六周,吃豆拉屎都顺溜了。我小时的经验是平常人家不养闲猫,即不养两只以上的猫。林姑娘迎走了二花后,我在朋友圈发布仙翁送子信息,没啥响应,后来倒是街坊要了一只,家里还有一母二子三口猫。我上上塘宠物市场买猫粮,档主是个六十来岁的老太太,她听知我家有小奶猫,说:"常有想养猫的人上我这儿找。猫一般是春天发情,秋天生崽,冬春季小奶猫比较稀罕。你家小猫要送人,可以送我这儿,顺便换点猫粮。我会让领养的人留下电话,可以追踪。"

我听听,看看,觉得这是个相对静好的猫生中转站。

两周后，我留下肥婆这一窝儿女中我最喜欢的黑丑，把另一只送到"上塘不缺猫豆中转站"。

如是，我家有两只猫。我总寻思着再送走一只，回到禽畜时代常规标配。

我黑故我在，纸本水墨，135cm×35cm，2024

黑丑之黑非常丑，好好一张月白脸，一瓢墨汁当额泼下，还多了，从额头顺鼻子直注胡须垫，只有短短的下吻部幸免于乌。身子也是混乱状态的"黑质而白章"，或者翻墨未遮雪山的 cosplay。多年后我看马未都炫他那一只据说有着"衔蝉"贵相的观复猫，很怀疑它是不是黑丑更精致准确的 N 代"猫孙"——英国人布鲁斯·费格尔所著《猫咪百科》上有一种名贵的塞尔凯克卷毛猫，也长着这样一张尊面。除了丑得比它妈帅，黑丑也没肥婆黏人。

两猫留一，我取黑丑。

一个周末，Tianchow 来小河直街，我说，走吧，跟哥上西湖，今天我们把肥婆亦送去。

我把肥婆抱进猫包，拉上拉链。肥婆低低喵呜几声，表示些许不安，等被拎出门放到车上，它开始大喵。车一开动，它愈发惊恐，先用双爪抓猫包透气一面的网，后来不断哀嚎，我叫它名字大声安抚，根本没用——此前它虽没有被我装在猫包中拎出门的经历，不过户外对肥婆来说并不陌生。它几乎每天都自己出门撒野。我原没想到它会这么胆小神经质，也许它不适合做回野猫了吧，是不是该带回家去呢？——我有那么一刻犹豫。但我已经把肥婆的女儿黑丑留下来了，再说肥婆叫得这么凶，带回去又得在路上惊恐半个小时，说不定回到家放下也要跑。算了，江湖只有不归路。

到得南山路柳浪闻莺大牌坊前，我急忙停好车，拎起猫包，和 Tianchow 一起走进大门，右拐，疾步走向湖区渐深处。过了小桥便是稍为开阔的草坂，草坂另一头，一条曲径斜进大片坡池深草，远远树隙已可看见湖面的波光，这中间地带，大约就是日前上演"白蛇归法海"的"露天剧场"啦！我们在有分岔小径的地方停下，我一打开猫包拉链，肥婆马上蹿出来，头也不回直往草丛深处冲去。我想试试是否能把它叫回来，早已没影！我歉疚地朝 Tianchow 摆摆手笑笑，她也回我以同样的表情。多年以后，我才慢慢咀嚼出其中的某种兆应与天机。

天空中飞满摄像头, 纸本水墨, 35cm×135cm, 2018

108

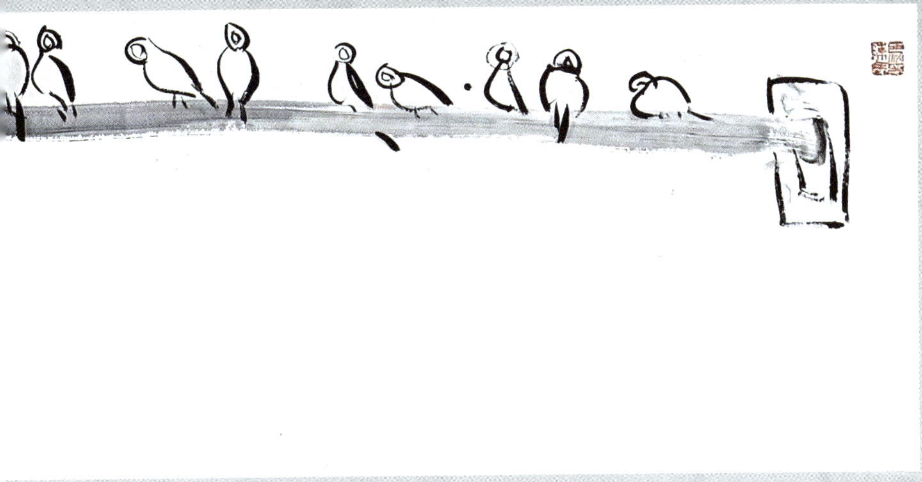

说实在的，肥婆的反应大大出乎我的意料。如果说关于它的前途安排，我事前没和它商量，后来一开猫包它就没入深草，再唤不回，也一点不给我后悔和改变的罅隙。它究竟是通灵到早已洞悉一切，对主人彻底绝望且生出诀别大恨呢，还是本来就没和我这个第二任或第三任主人建立起真正的情感？——除了讨好，更多的是对栖身之所即我家那个房子的认定依恋？奶猫们五周多时，我曾用猫包拎着其中最调皮的奶牛上 Tianchow 家做客，后来也试过用同样办法带黑丑出门，两个小家伙——黑丑当时已有三四个月大了吧——都只表现出轻微不安，到了陌生的新地方打开包，也不过探头探脑走出来。黑丑会小碎猫步遛上一段稍作躲藏，到墙角椅下再怯生生回头望。

　　多年以后读莱辛的书，她说，她也曾带两只猫离开伦敦的家到乡下住，那次旅行足足开了六个小时的车！敏感傲娇的阿灰反应激烈，一路叫个不停，黑猫则表现得相当安静。然而到了乡下打开车门，阿灰也不至于一骑绝尘而去。不过，莱辛通过观察认为，当过野猫或曾有被弃养经历的猫会变得格外敏感，甚至到了风烛残年仍似不时梦到或惊回不堪往事。当初带肥婆来的妹子就说，肥婆是被她朋友收养的野猫。

无衣，纸本设色，70cm×50cm，2019

我知道我的做法归根到底是弃养，倒不是存心狡辩，但我的确至今还有疑惑。在我那时也许非常脱离猫生实际的一厢情愿的诗意想象中，猫虎一家，原本皆非池中物，其在野赴敌，应该有一种策马入林的迷人姿势。多年之后，一只在前奔中豹子回头弓背扬尾的健壮结实狸花猫破眼而来，一下子就打中了我，如此便有了《入林》一画。肥婆如离弦之箭没草不回，这个最后的影像至今仍在我记忆中一气呵成，有时甚至刮起飞沙走石的一湖怪风，让人怀疑我当初比较美好的想法是否还真有三分道理。有没有这种可能——猛然闻到西湖鱼鸟气息的肥婆身上那猫科动物潜在的野性、兽性真格儿已被唤醒，那时的它真的已是归心似箭，也从此得其所哉？ 肥婆入西湖那年是 2013 或 2014，两岁左右，若活到现在，该有十二岁了，这当口，它说不定刚好猛然出爪钩起一尾花港锦鲤，叼着奔向它和黑法海或者白许仙生下的第 N 代正宗湖猫呢。不管怎么着，肥婆入西湖，有一条不用怀疑，鱼是够的。《猫苑》有个说法："家猫失养，则成野猫。野猫不死，久而能成精怪。"肥婆成精，亦未可知。

且放白鹿青崖间，跟着阿猫躺鱼去。

入林，纸本水墨，35cm×68cm，2018

113

妙歌诗：
她是那种精灵——致女诗人

她是那种精灵
天生具有并且至今仍能捕捉麻雀
常见她捕捉比鸟缓慢之物：光，语言或黑

愿神给她翅膀
愿晨露赐她澄明
偶尔见她具足上述法相：神

一般情形啊，女人：一头笨猫

迎，纸本设色，镜心，直径 50cm，2016

蓝烟记　妙歌诗：她是那种精灵——致女诗人

115

炮兵部队抓鱼记

鱼上的日子, 瓷板画, 32cm×23cm, 2023

子非鱼,
焉知猫之乐?
年年有余, 欢喜猫生。

116

十年前的某天，在杭州小河直街，我春夜梦猫：

我从上午十点到下午八点睡了十小时，醒来发现自己变成猫，两手，不，一对前爪，各钩着一尾活鱼。

鱼黝黑而有亮光，一条头大身小，另一条类似非洲鲫，是我老家潮汕平原溪河水库中最常见的那种。那时我们一行人——也许该叫一队猫——正退出溪岸尽头一个小村往回折。我突然听到一片泼喇骨碌，拿眼一扫，岸边水中密密麻麻都是乱游的鱼，水与路平，鱼似乎伸手可捉。我一试得手，鱼颇肥大。接着发现另一种头大身小的鱼，数量较少，但模样更可爱。我急忙放掉大肥，去抓小爱，也爪到钩来。

鱼实在太多太密太好捉，很轻松地，我又抓，不，又钩到一条，与大肥同类而稍小。

我双手皆鱼（现在我变回人啦）。

我们一队猫都变回了人。我急忙招呼大家快捞。心想人手两条，也够在半路支锅打尖抢个鲜。然后我就醒了。就是说，我把活鱼直接带回了人间。

我们似乎带着一支部队，至少有一门大炮。干什么？两种可能：拆迁或剿匪。这事我已有经验。记得上次行动找不到准确地点，于是朝一片可疑的原野开了一炮，硝烟像一棵瘦高的树被吹上天，然后就看见周围有我们要找的人。这回碰上同样问题，我催促炮兵队长开炮。我已经看见溪对岸有一片可疑的野地。可那家伙好像没听见，又似反复说我们再找找，再找找。就这样我们一直沿溪走进一个荒僻小村，还走进一户人家，家里有个老妇、婴儿和黑白二猫。

同行好像有四人，似乎有个女的，想不起来是不是Tianchow，她在农户家中逗过婴儿，长得有点像猫，有些呆萌。

南柯一梦，如此而已。

年年炮响，岁岁有鱼。

这么奇怪的梦，久远以前的梦，若非当时醒后信手记下，如今碰巧翻出，万难杜撰。

古人也知道猫有梦，珍重人梦猫。相猫书说："凡梦猫吞活鱼，主成家立业，手下得人。"后面还有更奇怪的预判："若至山东，更主获利。"以此而言，野马梦猫，吉不可言。

春夜, 纸本设色, 35cm×135cm, 2024

◉ 人有梦, 猫知否?

葬花辞，纸本设色，70cm×50cm，2019

◉ "有客问浮世，无猫埋落花"

渔猫图, 纸本水墨, 35cm×135cm, 2020

隔璃图, 纸本水墨, 50cm×70cm, 2022

◉ 这只逡巡在巨大水族箱外的猫，
   做着鱼的白日梦。

121

◉ 渔猫一跃：哪里走！

余生, 瓷板画, 28cm×33cm, 2022

◉ 往后余生, 年年有鱼。

我目击大鱼
掠走一只猫

沙暖一双鱼, 纸本水墨, 68cm×38cm, 2020

　　我画过一张小画：朱楼通水陌，沙暖一双鱼。

　　这是唐朝诗鬼李贺《追和柳恽》的结句——一对露出肚皮睡得东歪西倒的小奶猫，让我跟着李贺梦回南朝。

　　不久前一天，我把这张旧画发到朋友圈，杭州良渚老友、因为长得像猫一样可爱而获称"猫总"的文旅界达人新安君调侃说：这个对，鱼躺猫肚里，猫躺晴沙上。

125

但事情没那么绝对，因为我刷到了一则视频：一只半大不小的猫正在岸石上探头探脑窥伺水中游鱼，突然浪花击天，一条大鱼破水而出，一口咬住小猫，活活将其拖下水去，直沉湖底！

这一击，颠覆了自然界的血脉规则与食物链！

观剧记，纸本水墨，35cm×55cm，2022

惊魂稍定，我细捋记忆，发现在猫从禽畜世向宠物纪华丽转身的过程中，梗着一个悖论：鱼！

我小时，中国农村人家多畜猫捕鼠，三餐所喂，潮汕人习称猫糜。拌在糜饭中喂猫的，是从市场买来的小杂鱼，或主人不吃的鱼头鳞刺乃至嚼余骨渣。老鼠属于猫自力更生的加餐。家猫一般不近水落溪，似乎是纯然的陆居动物，很少人去想奇葩猫儿当初靠自己是怎么吃到鱼的。当2010年前后猫重回大众视野时，已摇身一变成为宠物，猫粮跟着大行其道，可都是预制成的颗粒状饲料，说是有鱼的口味和营养，真鱼却没影儿。再到后来常见猫罐头，偶有确实装着鱼肉的。

小视频常披露野猫或者流浪猫真实的狩猎生活。印象中，大致国外野猫多喜守在海边钓者身边或市场鱼档边，每有所获；吾国野猫不容易碰上不计功利的闲逸者，想吃鱼，除了肉菜市场偶尔碰上爱心泛滥愿意施舍的鱼大户，就只能自个到泽畔水边蹲守。往往大半天临水照花静如处子，动如迅雷，一钩得手，引得游人惊呼，成为不花钱的旅游节目，有心者想抓拍也不难。大鱼扑猫这样绝对反常绝小概率的场面，正是在这种情形下被侥幸录到。拍摄者没有惊得扔掉手机，心理素质比我好。

这则视频校正了我这个借江南的外乡人对西湖野猫真实生涯的诗意误读。再一想，西湖野猫的不容易还多着。众所周知，杭州冬季或有雪，或无雪，而一夜大雪就可以把白堤完全变成白雪的白，湖心亭一点。如此之时，西湖之冷冽肃杀，岂非如《古诗十九首》所谓"孟冬寒气至，北风何惨栗"？湖上猫猫，如何捱过？

躺鱼不易，湖猫多艰。

难得，纸本水墨，70cm×50cm，2024

猫步　妙歌诗：

吃过我提供的便当
那对母女就在有毡子的阳台纸箱取暖睡觉
然而不安

总是这样
我才走近玻璃门
她女儿就嗖地向外喷
被带出的一团肥妇，沧沧桑桑向我走来

阳台外正飘雨
她家没买房子
肯定有很多继父和女婿，但冬天各奔东西
这过于警觉的女儿怎就学不了母亲的步态
让艰难的猫生偶尔婀娜起来

风雪精灵图, 纸本设色, 80cm×80cm, 2020

129

猫史记·曾经风神是阿猫?

《后汉书·方术列传》说,方士费长房得灵符,能驱神使鬼,曾路遇书生,"黄巾披裘,无鞍骑马",其人一见老费,大惊失色,下马叩头。同行一头雾水,老费说,这个书生乃狸猫所化,偷了社公的马,被抓现行。

书生既披黄巾,毛色不免带橘,且叫它大橘。大橘有神通,能变化,老司机开重卡,专偷土地爷的大牲畜。费长房后失神符,为众鬼所杀。如此说来,书生也俨然一鬼。猫鬼之名,已见其端。

且慢,不对,猫偷马? 还能无鞍而骑? 这可能么——猫与马在体型、力量上可不是一个档次,生存环境生活场景也少有交集。不过,众所周知,神话传说都有其相对应的历史图景,绝少空穴来风。这引我发现一段几乎已被完全遮蔽的神话流转史:猫马昔缘——飞廉外传。

飞廉又名蜚廉,古为风神。《史记》说他是颛顼之裔,善奔走,专为王室御马驾车,以功为秦、赵两国始封之祖。周穆王的八骏日行三万里,为其御马的造父,就是飞廉之后。换言之,风神飞廉最拿手的本事,是驾长车,调骏马。

那么,飞廉长啥样子? 根据高诱、晋灼等注家的描述,其主要特征是鸟兽合体、长毛有翼、"豹文拖尾"。河南洛阳西汉卜千秋墓出土的壁画之风神飞廉(右页上图),正与此合——咦,这不是猫么? 你看那耳朵、那眼睛,那屈收与后踹的前爪后足,那背上豹纹和一支长尾。猫居然长出翅膀,不得了。

别说我瞎蒙,有图有真相。

下面两件画像砖,右页中图为甘肃敦煌佛爷庙西晋墓出土的无榜题的"舍利"像,下图是安阳汉代画像石上的舍利禽(拓本局部)。经学者研究,均认定所画为猞猁(邢义田:《今尘集》)。猞猁,猫也。你说此猞猁与彼飞廉是不是很像?

130

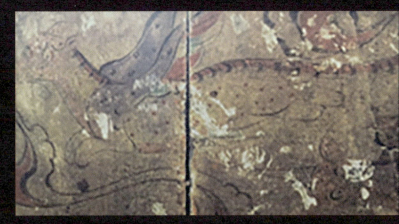

河南洛阳西汉卜千秋墓壁画（贺西林、李清泉：《中国墓室壁画史》，p12 图录）

甘肃敦煌佛爷庙西晋墓出土的无榜题的"舍利"像

安阳汉代画像石上的舍利禽（拓本局部）

风神飞廉的原型真是猫吗？猰狑何以长出翅膀？风狸知道。

风狸也叫飞狸、飞猫。明人张燮《东西洋考》说："印度国，猫有肉翅，能飞。"类似的传说古已有之，《本草纲目》所录，传为东方朔所著的《海内十洲记》有风生兽，东汉杨孚所著的《异物志》有风狸，皆是。 周去非的《岭外代答·禽兽门》有风狸："遇风则飞行空中。"郭璞注《山海经》谓"蜼"之为物，"似猕，尾头有两歧……江东养之捕鼠，为物捷健"，也与画像砖上猰狑尾巴的形状相合。想必古人多见猫科动物体捷如飞，故名之以风，尊为风神。风狸既为飞廉，以狸调马，岂非天下至善！据说猰狑亦如舞马鹰犬，经过训练，可表演，可助猎。隋炀帝大演百戏以示富强；大唐舞马，名动天下。唐章怀太子墓壁画，有猰狑与骑士同骑一马，踞于鞍后，正可印证。

大橘无鞍，东汉社公的马，想必属泥马石马鬼马。往事越千年，如果费长房穿越到十三世纪中后期的江南，他也许真会碰上一只马背猫儿。不过猫与马有同一个主人，他叫方回，是宋末元初著名诗人。方回于南宋末出任建德府知府，入元仍任建德路总管数年，解任后寄居杭州、歙县一带，以卖文为生。猫与马大概是他流寓生活中不离左右的两个忠实伙伴。旅客贫辛，每天早起，他都得先搞掂猫饭马食："既欲营猫饭，仍当续马刍。"（《晨起二首·其一》）"枯秸供羸马，纤鳞喂乳猫。"（《残春感事十首·其一》）猫饭先营，纤鳞胜枯，猫的生活，总比马开挂。

唐章怀太子墓壁画中的猰狑为狩猎助手

132

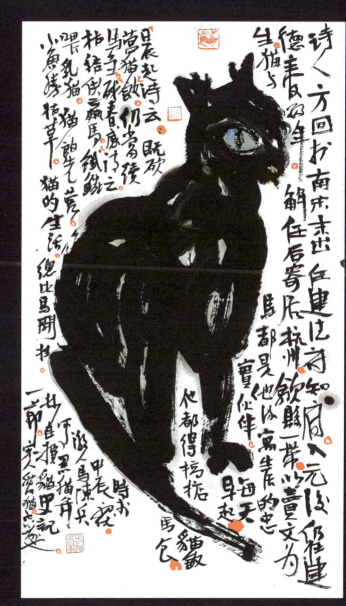

猫史记·曾经风神是阿猫？

黑猫图，纸本水墨，84cm×48cm，2024

134

伍　黑丑记

伤黑丑

妙歌诗：我看见风安排一切

跟着黑丑去偶遇

猫界已无士大夫

猫史记·猫鬼何疾

怀念黑丑，纸本水墨，75cm×53cm，2018

让我至今经常忆及并深为负疚的是黑丑：肥婆的女儿。

无辜的黑丑！

奶气未褪、天性初萌却遇人不淑的黑丑，碰上实质上的暴君、恶棍、独夫——说的都是我！

有幸出生在宠物世代温暖的江南人家楼阁却仍被当作禽畜对待而失措错愕终至彳亍远去的黑丑！

黑丑照见我人格中阴暗冷漠的一面，让我早年所受教育、经历、认知中畸刻削蚀的丑陋一面现形。

扯蛋图，纸本水墨，70cm×40cm，2023

137

现在我明白，黑丑真非虚名，乃是阿妙对我怒喵，诸神予我诅咒。

肥婆入西湖之后，猫龄三四个月体型已近成猫的黑丑继续它娘的哲学气质，在黏人和探险方面有所减弱，另加一种稚气未脱与长相奇古和合而生的憨拙青葱。也许是年齿尚小胆子不大，黑丑虽偶尔出门遛弯，但不会走远，时间也短，晚上一般待屋里；不可上床的禁令，它也从小适应。这些都更符合我养猫的预期和脾性。那时我喜欢用旧诗的句式即兴打油，检索旧簏，有《黑丑》二首：

主人下野一地花，
黑丑挂窗看傻瓜。
好觅河上新水色，
却得凌波粉红斜。

我孙黑丑丑上丑，
她娘肥婆肥又肥。
春来忽听公猫喊，
撞门冲雨不怕爹。

吾日三省汝身，纸本水墨，34cm×48cm，2023

真如末句所写,悲剧,就在又过数月黑丑猫生头回发情而"撞门冲雨"的时节发生。

虽然我小时在乡村听惯了夜猫叫春,但那时每家每屋的猫基本来去自由,走失就走失,夜里管它上哪叫春,更分辨不了叫春的是自家猫儿还是外头野猫。给猫节育,闻所未闻,能叫尽叫,爱生就生,生了送人,总有办法送出去。小河直街养猫之后,我也只约略听说过公猫发情会在家里撒尿,易走失,没想到小小母猫特别是纯良憨傻如黑丑发起情来也那么野——它完全变了个猫,每天都疯了似的想冲出门去,尤其听到小河对岸猫叫,更躁动不宁。到后来竟有几回经宿不归,而河对岸正好有猫整夜嗥叫,很像黑丑的声音。有那么片刻,恍惚竟让我有自家白菜被拱了的代入感。有一晚外面下了雨,我下楼倒垃圾,门才开条缝,黑丑就箭一般冲出去,唤之不回,一直浪到次日早上才来叫门。我想惩罚它,没开。下午睡起出去找,再无踪影。

男人一生可以有不少风花雪月,但总有或只有一两回是真爱最爱,养猫也类似。家生猫儿,换个说法,在主人眼皮底下出生长大且被挑选留下来的猫,也可以说真正从小养起的猫,应该说最投缘、最有感情。即使这样,我竟然仍不能真正溺爱并留住黑丑。这几年我一边想念黑丑,一边不断在检讨,或者说由此事反观内省。一者,我之前已有些被肥婆进门不久就生个满窝烦

到,要是黑丑发了情马上再来一窝,真怕有些猫无宁日了。其次,也是更根本的,是我一下没回过神来,竟不能设身处猫,不仅不自觉地对黑丑的不听话感到恼怒,甚至潜意识中有些以人代猫,道德感、太放荡这些观念大概都暗暗冒出来减弱着我对黑丑的喜欢了。

大年初八, 泥板画, 32cm×23cm, 2023

139

要知道，我们这一辈 20 世纪六七十年代生人，童稚至青壮被一路灌输关于贞操品行、性为原罪、情欲卑劣、男女授受不亲之类观念。别说高中，大学谈恋爱仍罪至开除。那时男女若在公开场合牵个手，就等于定终身。我本人虽生性不羁，从小敢于违禁，长大屡犯桃花，但当自己年长到进入家长或者管理者的角色时，仍然不自觉地用这种标准、眼光和格局来标记、对待周遭人事。教育孩子粗暴简单就不说了，待员工下属尤不免苛刻促狭。我三十多岁离开体制内，借时势之力，正打歪着在老家成功创办一个中高端连锁幼儿园品牌，当年为办高质量学前双语教育，也曾四处招聘师资，年轻老师多来自东北、江西、云南、四川等地幼师院校。我身为老板兼校长，居然颇看不惯她们刚一工作就风花雪月谈恋爱（话说回来，当年体制内不少单位的确规定正职工干部未达"晚婚年龄"不准结婚，主要原因是计划生育，也挟带着道德禁锢）。加上当时正好聘请了一位来自天津名校、业务能力很强的女性退休小学校长协助管理——但我现在明白她在这方面的执念很重，前后有三个女孩子因故被解雇，多少和她们比较高调谈恋爱有些关系。我不知道她们后来去了哪，现在在哪发展，是否顺当康乐，或者竟因祸得福及时离开当年已显保守落后的汕头，到更大的地方发展创业。比如小董，很有性格的沈阳姑娘，离开汕头后去了深圳，二十多年前就已经做到一家法国连锁超市中国区的食品卫生总监，有一回我上深圳，她特意来请老东家"马校长"喝茶。比如来自江西学体操的小王和来自东北学声乐的小李，相遇于汕头，谈恋爱结了婚，后来一起辞职去南京，听说转行做房产中介，那是 20 世纪 90 年代初的事，赶上地产黄金时代，想必早已有车有房，盆满钵满。

恼春声，失黑丑。在人间，在江南。

春天的某夜，我又在河对岸猫们热闹自由的歌吟中入睡，黑丑出现了，我想去抱它，却扑了个空。再一看，黑丑身边跟着一只很帅的虎斑猫。我正不明觉厉，黑丑突然说起人话——

"老爸老爸别挂念，黑丑偶遇真快乐！"

嗨，愧疚归愧疚，春去春又来，生活照样妙。问君能有几多愁？妙处虽难，总与君说。古汉语中，说可通"悦"。

老夫也有猫儿意，且跟黑丑去偶遇！

140

妙歌诗：
我看见风安排一切

我欲因之梦吴越，纸本设色，
32cm×15cm，2024

凌晨起
夜未央
放肥猫出去
看它急急切切下楼
不知是去翻垃圾还是找月亮

鸟在穿衣服
扫马路的人上班了
肥猫还未回来

室内静谧，点燃线香
我看见风安排一切
烟袅袅

141

跟着黑丑去偶遇

探春图, 纸本设色, 扇面, 2019

● 探花？花探？春天的玻璃心，从阿猫的偶遇开始……

有景, 纸本设色, 68cm×38cm, 2021

◉ 美猫出街,
　　前方有景!

143

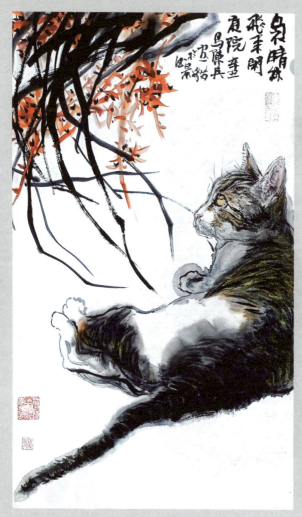

袅晴丝飞来闲庭院, 纸本设色, 75cm×53cm, 2020

◉ 袅晴丝飞来闲庭院：看见爱情的日子。

144

芋头与得福, 纸本设色, 50cm×50cm, 2017

听话, 纸本设色, 镜心, 直径 30cm, 2019

145

◎

猫界已无士大夫

假猫，一种史前猫科动物，在 2000 万年至 1600 万年前生活在欧亚大陆。历经漫长进化，猫与人真正的相遇，大约发生在公元前 9500 年前后因农业发达而导致以老鼠为代表的啮齿类动物增多的中东新月沃土地区。

如此说来，老鼠才是猫与人的月老。若曰猫人同春，当从家畜时代开始。

那时断桥不断，猫无被阉之说，户少门铜之禁。家乃庙堂，江湖就在街巷阡陌，乡间家家户户门户常开，阿猫自可屋里户外村头村尾自由穿梭，扑蝶捕鸟，交配生崽；野猫自来，也易被收养。虽猫生草草，猫食简单，而进退裕如，身完卵在，年年叫春，岁岁蕃育，猫生之乐是自然的、完整的。

宠物世代，天下无鼠，猫非刚需，为宠而养。而江湖庙堂，亦两头截断。

2024 年春节假期，我在老家乡下作了个调查。如今农村家庭养猫者，百无一二，而野猫野狗所在皆是。盖因乡村生活尚未精致或者孤独到养宠程度，而垃圾剩食却足以养活大数量的野猫野狗，与此同时，经济生活与文明程度的提高，也已使农村人绝少杀猫，鲜复屠狗。

如是，今日城市已进入养宠时代，而出户难觅广阔天地，阿猫难免被圈受阉；农村则无鼠可捕，人少闲情，谁复养猫？虽可自由叫春，生途却只有流浪。今生今世，阿猫不为白头宫女，便入风雨泥途，猫条罐罐与偶遇叫春，再难兼得。非唯三十万人齐解甲，猫界亦失士大夫。

黑丑记　猫界已无士大夫

吾皇图，纸本设色，130cm×50cm，2024

猫史记·猫鬼何疾

　　隋朝开皇年间，独孤皇后、杨素之妻郑氏同罹怪病，医者诊为"猫鬼疾"。隋文帝怀疑皇后的异母弟独孤陀畜猫鬼为祟，下狱治罪，株连甚广，祸连四方，余波远及。

　　猫鬼术有类诅咒下蛊，据称能移人之财。施术之法，见于《北史·独孤传》及《隋书·外戚传·独孤陀》。隋唐医书如《诸病源候论》《备急千金翼方》载有验方，相关药理研究显示，猫鬼疾是介于巫、医之间的一种肺部传染病，类似肺痨，有时还伴有癫狂、幻视幻听之类的精神症状，那时也叫"野道病"。《四库全书总目》谓猫鬼为"南北朝时鬼病，唐以后绝不复闻"。

　　比对史籍，另一种呼吸道疾病"气疾"也屡发于此时期。正史所记十多位气疾患者，打头是北齐武成帝高湛，由唐太宗夫妇收尾，且症候、病由与猫鬼疾颇类似，但学界迄今无人注意到两者的关联。

　　猫鬼案发于开皇十八年（598），数年后，独孤后病死永安宫，不久隋文帝也在仁寿宫一病不起，继而被弑。

　　历史的吊诡与映像无处不在。《旧唐书·后妃传》说：贞观八年（634），"（长孙皇后）从幸九成宫，染疾危惙"，二年后死。长孙皇后所染即为气疾。而九成宫前身为仁寿宫，时距独孤皇后过世仅34年。不知当年李世民及长孙皇后卧病九成宫时，是否恍然听见此宫旧主夫妇的咳嗽呻吟？呼吸道疾病多属传染病，古人不懂，阿猫受过。夫妻是彼此最接近的传染源。如此，一种虽无明证而逻辑自洽的可能真相就浮出历史的水面：猫鬼与气疾同属呼吸道传染病，可能主要就是肺痨，在南北朝及隋唐时代曾有过令人恐怖的大流行（干宝的《搜神记·夏侯弘见鬼》记荆扬二州因鬼矛所刺以致"心腹病"大流行或为一证）。这也是隋文帝大兴猫鬼狱的背景和社会基础。隋文帝、李世民夫妇或因互相传染，同患此类疾病。所幸杨坚早死，而杨素嫡妻郑氏属悍妇，曾告发亲夫，猫鬼狱更是直接牵连杨素庶母及其妹（独孤陀之妻）。杨广即位后随即平反舅氏，大狱也息。此后猫虽为鬼气所晦，时缠妖异之闻，不免低调挫抑，而不至演成像欧洲中世纪长达数百年烧猫屠猫那样的惨剧。

烟熏老阿福，纸本设色，70cm×48cm，2021

陆　猫王记

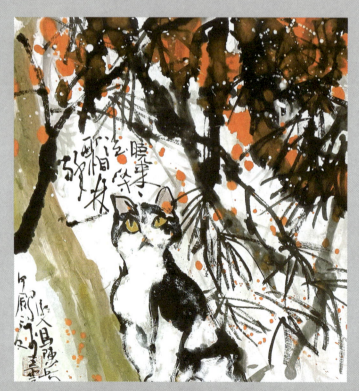

晓来谁染霜林醉，纸本设色，48cm×44cm，2024

树林深处的蘑菇是远方的睡眠
真正的夏天今晚来临
月亮在湖面升起

小灰灰图, 纸本水墨, 40cm×40cm, 2018

你别不信
此地明月只怕猫
它迅速抓起树
包揽猴子、松鼠、兔子和镜子
它竟然生活在湖畔
把持着跳跃与慵懒之美
将夜用于交合与开花, 将风景用于野生

如此想起去年夏天
只有西湖不出所料
只有湛碧楼不在人间
湛碧楼边的水声推开刘庄拂晓
一只猫从林间空地嗖地蹿进月亮

153

那天在江南运河边一扇木门外绝望离去的、发情走失的、不再回来的黑丑是否听到它娘的呼唤，也寻路西湖而去呢？

在江南湖山风月中，我与阿喵一再邂逅。

灵峰雪后的惊鸿一瞥，曲院林间的猫王下树，最是孤绝难忘。

无名高地, 纸本设色, 70cm×70cm, 2022

杭州的冬天不一定下雪，若下，也很耍性子，可以雨夹雪意思一下，也能大雪三日，漫天皆白。我住小河直街六年中，至少有两个冬天是确乎下了大雪。其中一年，下雪那天，Tianchow 正好来小河，我做了几个菜，开了一瓶朋友从俄罗斯带回来的伏特加，两个人喝起寒夜老酒。

毫无征兆地，天黑时分，这一年的第一场雪下了起来。

雪越下越大，六出雪花很快变成片片鹅毛。晚上十一点多，开窗看，熹微月色凝结在小河对面老房子倾斜的屋顶上，从楼下临街窗口流洒出去的橙色灯光也找到了最舒适的白床铺。门前石板路已经积起一层雪，不知什么时候有人从门外走过，一行脚印仿佛通向大兴安岭。

乘着酒兴，我俩临时决定打车到西湖探雪——大雪突然拜访杭州，并与寒夜和睡梦共谋。雪到天亮就脏了。

那天应该是我的车正好坏了。我们提着半瓶伏特加走出小河直街街口，迎雪站在大路转弯处，好不容易叫到一台的士。的士掉头南出康家桥，沿运河西岸的湖墅北路滑行几百米，右转哑巴弄，取道和睦路斜出莫干山，直下环城西，在江南岁末的漫天大雪中向西湖驶去。

我们在南山路白堤入口处下了车，雪势也缓了下来，一个洁白而寂静的世界无声而妩媚地鼓起掌来，欢迎第一双拜访者到来。白堤两边的草地已完全被雪覆盖，让人甚至不忍心踩上一脚。

我喝下一大口酒，在苏小小墓侧草地上仰身躺倒，和 Tianchow 一起用滚烫的身体给那一年的西湖初雪钤上几枚人字虎符。

我们继续走，走出白堤的另一头，过断桥，顺北山街走，走过杨公堤与曙光路的交叉口，越灵隐，逾玉泉，折入玉古路，拐上青芝坞——Tianchow 读研时在这边的浙大西溪校区待过几年，很熟地形。我跟着她一直走，走进灵峰深处，走到玉树琼枝红梅冻雪的绝寂天地。

簌——伴着一声甚至比梅瓣落地更轻微的声音，我看到一只黑猫，跃过梅下雪地。

次日酒醒，有笔神来——我自己非常满意的写意水墨《灵峰雪隐图》，诞生在小河直街。

中秋将近的一个江南月白之夜，我偕 Tianchow 饮月露营曲院风荷湛碧楼边。翌晨天初亮，我们收拾帐篷物件，离开湖岸，取小径向曲院风荷杨公堤大门出口方向走。

过小桥，刚转弯，对面走来两个人，一男一女，约摸三四十岁，女的手提塑料桶，拿一把勺子，男的拎个大编织袋跟在她身后。他们不像风景区的管理人员，却熟门熟路，像要去办什么正事。

灵峰雪猫图, 纸本设色, 68cm×48cm, 2013

156

过桥米线, 纸本设色, 34cm×53cm, 2024

天刚破晓, 景区人很少。好奇害死猫, 我上前造次一问, 女的笑笑: 我们是来喂猫的。说着, 就拐进左手边一条小径。

哟! 天机!

我俩一对眼色, 赶紧跟上。

小径弯弯曲曲逶迤在密林中, 渐近水岸处, 路两边林下草地稍为开阔。那两个人停下来, 女人从桶中拿出一叠十几个盘子, 分放在两侧浅草间, 看似随意却又位置确然。男人已经接过勺子, 跟在女人后面一勺勺把猫豆从编织袋中舀出来, 分到盘子上。

末了, 女人又将一只大号盘子放到离路稍远的一棵大树树根前的深草中。

舀完最后一勺猫粮, 女人接过勺子敲盘沿, 学着猫叫向四下呜喵几声。

呼啦啦! 突然从草间树下四面八方冒出来十几只野猫, 稍为混乱之后, 便一猫一盘, 各自埋头干起饭来。有的猫边吃边呜喵几声, 像是感谢, 又像感喟; 像快乐, 又像落泪。

稍远那最粗苗大树下的盘子, 仍寂然无猫。

女人不慌不忙, 走到树下, 仰起头, 又用力敲了几下盘子。

"喇——呼!" 没等我回过神, 一团黑影已从粗可合抱的树干笔直滑下, 到

157

近地约一米处倒转身体，一个前扑，稳稳落在盘子前面。

我这才看清那是一头虎斑大猫，个头比周围十几只各式各样的猫都大。

它的态度：从容不迫，居高俯视；食后众猫，三请始就。

它下树的动作：头上屁股下，抱紧树身，熟悉而急速地不断换爪退行，于近地处急刹，倒挡，漂移，掉头大扑，一气呵成。

它是猫王。

五子登科图，纸本设色，扇面，2019

猫王记　湖上的风景：猫王现

松下问童子, 纸本水墨, 70cm×35cm, 2024

山鬼的家猫

很久很久以前，北方的孔子弹着琴帮阿猫抓老鼠。在南方，"乘赤豹兮从文狸，辛夷车兮结桂旗"（《楚辞·九歌·山鬼》），美艳动人的山鬼兴头一来，就遛着"文狸"下山赴会。"家猫为猫，野猫为狸"（《正字通》），山中大狸，就是山鬼的家猫。依我之见，此处"从"当读如"纵"，文狸可能一只，更像一群，想必辛夷（性辛辣，近薄荷）车正由一群狸花大虎斑拉着走呢！北欧神话中，女神芙蕾雅在天空驰骋时所驾之车，即由两猫牵引。

山鬼，纸本设色，68cm×135cm，2024

根据生物遗传学的相关研究，公元前 5500 年，豹猫（不是豹，是一种小型野猫）在中国被单独驯化，比埃及人开始信仰芭丝特（后来被认为是猫女神）早近三千年。这可以帮助我们理解先秦时期狸猫难分的进化场景。

猫无怯，瓷板画，45cm×82cm，2020

妙歌诗：转世记

继三宝五宝后
小狸猫出于春草

"叫来宝"
我说：天来之宝

"叫六宝"
她说：六宝前年故去
埋在护城河

那么确定
六宝无故
只褪去了奶牛外套
紧俏儿换上狸花新装
转一世
又来看爹娘

猫改林风眠仕女图, 纸本设色, 镜心, 直径 50cm, 2019

163

◎

血色偶遇：
猫王之死

你想知道一位猫王是怎么数年禁欲、一朝偶遇以至及期而死的吗？

2024 年春节，我利用回乡之隙作了一回 "猫民社会" 的田野调查，请初中老同学春卿带我采访她那位隐居潮阳乡间的懂相猫的二兄。畅聊之间，剧笑急惊。最让我猫眼大开错愕不止的，是猫王之死。

根据录音，我整理出这段对话，附带保留些许方言鲜活味道——

我："你买猫——那时有人卖猫吗？怎个卖？"

二兄："有，墟上整笼拎着卖——那是几十年前的事了。小的老的大的小的都有卖。人家里养着几只猫，看哪只太过除人（调皮拆家难调教），或者是生了一窝小猫，到可以断奶了，凑墟（赶集）时一笼子装了顺便卖。"

我："多少钱一只呢大概？"

二兄："不一定，五六元、二十多元都有。"

我："那很贵了，几十年前钱大的。"

二兄："我买过一只千元的。"

猫王记　血色偶遇：猫王之死

金彪蛰猫图, 纸本设色, 138cm×49cm, 2024

"29年前的事了，那日我在草墟遇到家美乡的菜婶。她说：豪叔，我家走来一只猫，雅死！全身白，一条黄尾巴，双目绿豆绿豆。我说：要是桐油目（指黄睛）或者红的，就好了——是猫母（潮汕话称呼动物，性别置主词之后）还是猫牯？菜婶说，猫牯。我说，猫牯还行，猫母要不得。我给菜婶一千元，把猫买过来。这种猫是有名的贵相，叫'金箸插银瓶'，万中无一。"

我："怎么说要是猫母绿豆目就不行呢？"

二兄："俗话说'双目青过绿豆（潮汕俗语形容人过于警觉贪心，眼光如贼）'，男人还好，女人如何要得？"

我大笑。

普天之下，莫非王土，传统的力量真可怕。不管你猫儿家插银瓶的是乡下人的箸还是宫廷的簪，都免不得相猫如人。猫牯不妨教虎，猫母要守猫道。

二兄："这只猫，我买来时已经七八斤，养了三四年。一年到头，睡在一支水管上。"

我（大惊，硬硬刹住笑）："怎么睡？多大的水管？"

二兄："四脚搭两边，肚子架在水管上，头挂一边。也就那种几公分的普通水管，正好从天井边窗台上过。后来我们村的看山先生（即风水先生）偷偷抱了一只猫母来配种。那天我正好从厂里回家，遇着看山先生抱着猫从我家大门走出来。进门老婆告诉我，刚才看山先生抱他家的猫母来和咱家猫配种。你二嫂是个无用人，不懂得阻止。我一听，心说去钱，坏了！猫要死了。四个月后，看山先生家的母猫生了一只小猫，我的猫就死了。"

我（一惊再惊）："为啥？"

166

王者之榻图，纸本设色，79cm×100cm，2024

二兄："好猫不传种——你没听说？我这猫是猫王，一传种，自己就得死。好猫生崽，经常自己吃掉。还有，俗语说独猫守谷仓，独狗守庵堂，猫狗生独仔，不用相，自然好。三色猫若是猫牯，千中无一，也是猫王。再有，乌猫全身黑，唯独眉毛胡须白，是猫中宰相。"

我（惊定略为思索）："那，不对啊，猫牯一发情，自然会去找猫母。你养这只猫也有三四年，它不可能从来没找过猫母。难道——"

二兄："我这只猫是猫王，就像蜂王，是不能自由泛滥的。平时都拴在家里不让出去的，不然早死了。"

我（一下噎住）：……

时光穿越到二十七八年前，我仿佛目击家畜时代的最后一抹火烧云中，从南方滨海小平原一个小村村头看山先生家里传出一声幼猫微弱的喵喵，片刻之后，同村另一户人家天井边被拴了三四年的猫王，以自挂的方式，在一条水管上坐化。

银瓶没破，金枪下垂，猫王死了。

167

自古猫王一条路

《活了100万次的猫》中那只很帅的大虎斑肯定是猫王级别的好猫，此前999999次做猫，都是宠物猫，主人包括国王、水手、马戏团、老婆婆等等，每个主人都非常喜欢它，但它总是讨厌主人，从没真正感到幸福。直到生命的最后一次，它才快乐起来，深爱白猫并瞑目而终。

为什么？粗心的读者一定会说：因为爱情。但是，此前每辈子大虎斑可都备受宠爱，除了吃不完的鱼，身边总围着漂亮母猫！

真实的答案，画家早已告诉我们：这一回，它是一只野猫！

君不见，家畜世代，因为深信好猫传无种的禁忌，乡间好人二兄家的七斤猫王三年受拴，自挂以殁。

二兄的猫王若活在今日，它的遭遇可能完全反过来，被贩猫者当作种猫，不得不天天发情，时时交配，把叫春抻拉成嘶冬，精尽声哑了，说不定还得顶岗猫咖，续聘至死。

想自由，当野猫。自古猫王一条路，蹲树饮月湖山中。

唯此一途，喵星红人才可能自由自在，尽情躺唇，夜夜叫春！

有一手, 纸本设色, 70cm×70cm, 2020

169

我要红之二, 纸本设色, 45cm×90cm, 2024

崇高的监控, 纸本水墨, 53cm×35cm, 2020

空游记, 纸本水墨, 98cm×34cm, 2022

◉　空游更比西游妙，
　　阿猫一直有远方。

171

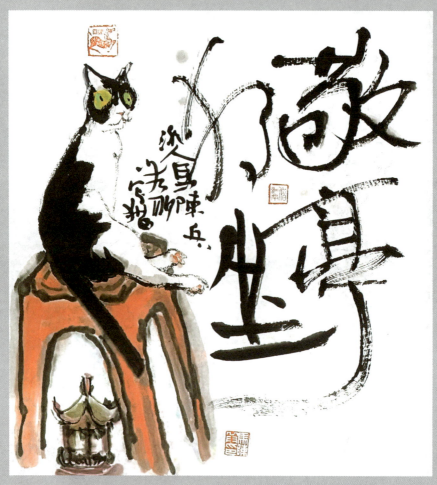

敬亭独坐, 纸本设色, 48cm×44cm, 2024

◉ 相看两不厌，敬亭与猫君。

大漠孤烟横, 纸本设色, 54cm×68cm, 2021

◉　妙见春花发，大漠追孤烟。

173

◉ 欲投何处宿？石上藤萝月。

欲投人处宿，纸本设色，70cm×35cm，2019

且看石上藤萝月，纸本设色，70cm×35cm，2019

174

猫王记 喵星红人行乐记

表态的日子, 纸本水墨, 68cm×44cm, 2023

渔歌, 纸本水墨, 98cm×34cm, 2022

◉ 冷冷七弦上，猫界竹里馆。

175

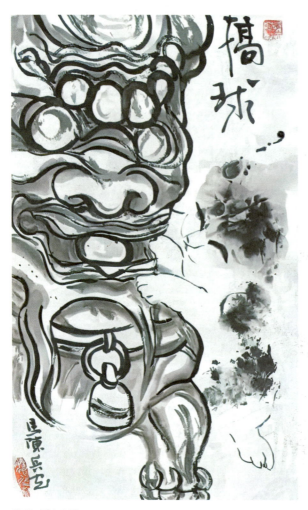

搞球, 纸本水墨, 50cm×35cm, 2023

◉ 表表态, 搞搞球。

176

◉ 上海老克勒，
　玛丽留声机。

玛丽留声机, 纸本设色, 70cm×35cm, 2023

177

妙歌诗：春天里

有的猫蹿上屋顶，一夜嚎叫
有的猫坐在树梢，成了鸟巢
有的猫相盘而睡，麻花可掬
有的猫不知思虑，独自走在春天里

凡此所为皆是公猫
母猫或预产，或临盆，或哺乳
或默默哀悼自己，被阉的上一个冬季
肯定窝在家里

178

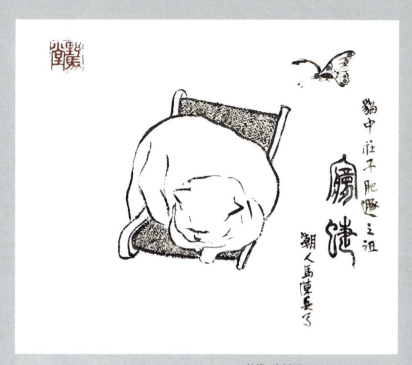

梦蝶, 瓷板画, 22cm×24cm, 2023

179

猫史记·历史是个驯猫师

　　前宠物时代，猫鸟关系曾被政治性折叠，又为生物性还原。

　　武周长寿元年（692），称帝不久的武则天撸猫之余开了个脑洞，想让阿妙协助宣传，于是亲当驯猫师，排演"猫鸟同笼"祥瑞大戏。《资治通鉴·唐纪》说："太后（武则天）习猫，使与鹦鹉共处。出示百官，传观未遍，猫饥，搏鹦鹉食之，太后甚惭。"训练并非无用，阿猫一开始是配合的，但后来翻车：饥饿唤醒了本性。要怪就怪"评论区"——大约百官当时交诣怒赞，争做观之不足科，"传观"既久，惊扰复过，阿猫饿且怒，肠胃叫醒血脉，至尊的创意，创伤了鸟颈。

非常玉：遍地风流，布面丙烯，80cm×100cm，2024

武则天违拗猫性，弄巧成拙。潘金莲另起路头，遵循并强化猫的本能，借猫杀人，遂济其恶。《金瓶梅》说，李瓶儿生子官哥儿。金莲大恨。因见官哥儿时常穿着红色肚兜，心生毒计，整天在房里用红绢裹肉，令所养白猫"雪狮子"扑食。某日官哥儿穿着红衫儿在外间炕上顽耍，雪狮子误以为肉，于高处猛然一扑，官哥儿惊吓成疾，不治而夭。

阿猫喜扑，碎物惊婴，旧史屡见记述。五代卢延逊献诗前蜀主王建，有"栗爆烧毡破，猫跳触鼎翻"一联，恰与宫中发生之事相符，卢因而得官。《南唐书》说，李后主与大周后所生之子仲宣四岁时，因佛前之猫触破琉璃瓶，惊悸得病而亡。明朝皇帝多十级猫民，宠猫至封官赐爵，天启、万历尤甚。沈德符《万历野获编》泄露宫闱消息："又猫性最喜跳骞，宫中圣胤初诞，未长成者，间遇其相遭而争，相诱而噑，往往惊搐成疾。其乳母又不敢明言，多至不育。"后面补一句："此皆内臣亲道之者，似亦不妄。"也许内臣没把话说尽，也许沈氏不敢尽说，还得兰陵笑笑生借大宋清河县妇人潘金莲给吃瓜群众提个醒：阿猫原无害，宫闱多阴谋。莫道猫惊人，须防猫后鬼。

武则天与猫的恩怨悬疑，另须一辨。《新唐书·后妃传》说，武则天以骨醉之刑虐杀萧淑妃。萧妃发毒誓，愿来生为猫，阿武为鼠，扼喉复仇。武则天由此惧猫，并禁宫中养猫。萧妃死于655年，猫鸟同笼发生在近四十年后的692年。若非萧妃毒誓为假，或竟张冠李戴，便是后来武则天猫瘾发作，猫禁复开。则天皇帝爱猫爱到硬扛诅咒不怕鬼的份上，真猫民也。

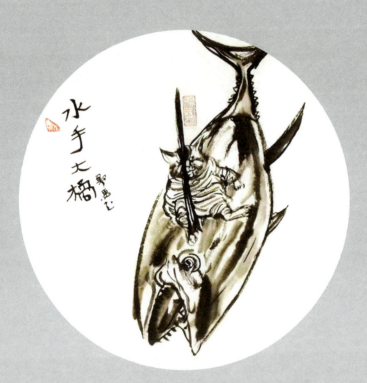

水手大橘, 纸本水墨, 镜心, 直径 32cm, 2018

我有一位朋友，新疆人，在武汉工作，是资深猫奴。几年前她曾养过一只叫大橘的公猫，两岁半，原是小野猫从良，未阉。

那段日子，她租住在老汉口一个大杂院。杂院中人家七八，猫狗若干，野猫时来。大橘不缺女朋友，发情的季节，隔三差五跑出去鬼混，偶尔连着几天不回家。

一个春日，大橘终于出走，喊不应找不着，自此不见踪影。

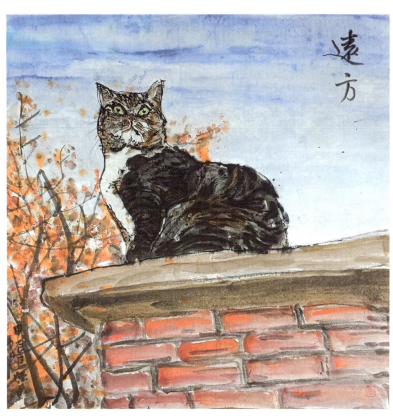

远方，纸本设色，70cm×70cm，2024

185

人间橘妈还在伤心，老汉口的大橘也许已兴高采烈地开始了猫界环球探险。

"喵，妙妙，请跟我来。告诉你，那可是一条条由杂树、矮墙、瓦檐、屋顶、台阶、小门、窄道乃至瓦砾、垃圾堆连成的春天长廊，这一路闲花野草、溜雨霜皮，可好玩了。至于吃的，这年头猫奴遍天下，人间多主子，常能蹭个便当。关键是，你看俺这身手，蛇都搞得掂，抓鼠扑个鸟，也就当锻炼。再不济，能屈能伸，翻垃圾桶的本事，本橘天生就有。

"你问春天长廊终点是哪？俺还没到，俺也不知道。那年春天，俺和小白对上眼，你喵我妙，意浓情酣，一起飞檐走壁玩奔现，走着玩着，一天我在屋顶打一鼾，醒来小白就不见了，我猜这怂娘们八成是原路归家，或者跟那只可恶的老黑头跑了，折回去没找着，却碰上阿花！阿花真漂亮，那眼睛，一只宝蓝，一只松绿。俺扑个鸟送阿花，跟阿花过了个情人节，就搭伴继续逛。这不，我们一路疯过来，发现这个好地方，原来像是大仓库，没人了，一窝橘白正躺平，我一架引跑老橘白，清了场。阿花要生产了，我俩就暂时在这住下来。你看看，那边上有个池子，鱼不少，本橘天生钓鱼闪电手。阿花正坐月子，你看这条大锦鲤，就是我刚钩上来的，正好给花婆子滋补滋补。

一年好景橘熟时，纸本彩墨，70cm×35cm，2024

"喵，大叔跟我上屋顶来，你上得来吗？站这儿，喵喵，您老眼还没花吧？看，远处好大一片水，过了大水面，那边看着都是草啊树啊山啊。阿花说，那边鸟一定很多，老鼠也不会少。赶明儿孩子大些，琢磨一家怎么耍过去。

"喵呜，你说什么？回家？大杂院那个人间的家？我早认不着路了。再说若回去，早晚会被俺那麻麻抓去摘蛋，才不。再说我这也是给麻麻省钱。喵，你看本橘闯荡江湖，这一路打多少架，吃多少苦！好不容易如今虎爪无敌，猫婆成群，猫孙满窝，蛇揖鼠伏，江山万里，四海为家。喵呜，喵呜，再别说什么回去的话。大叔跟我来，这个世界很妙！"

听完我转述的这段猫语，我那位猫奴朋友——大橘曾经的人间麻麻，不为所动——"逮不住，没机会啦！"又稍带伤感地继续讲述人间版的大橘故事。"大橘的日子怕没你代言的那么写意，我怀疑，它并没走远。"人间橘妈说。

"到了秋天，一个落叶沙沙寒风瑟瑟的傍晚，我下楼倒垃圾，离着十几步，发现大树下垃圾桶上有只橘猫正在找吃，屁股高高拱起，一对硕大的蛋蛋好比两颗坚果在晃动。我轻轻走近几步再一端详，像极了我走失的大橘。

"我好激动，大声喊出大橘的名字！

"橘猫猛然听见我唤，扭头往回看——没错，是大橘！大概听到熟悉的声音，它有些认出我来，分明迟疑了那么一会会儿，大概在那一会会儿它作出决定，或者本能告诉它，此生不想再当家猫，当我的手伸到快能抱住它时，大橘纵身一跃，跑了。"

若干年后一个冬日，我头回置身乌鲁木齐郊外原野，天空明丽，小公猫的蛋蛋，像一对对挂在榆树上的童话。

这些天我原本一心一意打捞上世纪八九十年代到本世纪第一个十年天下无猫断片时期的陈年怂事，怎么就突然想到、聊起远方的大橘呢？因为昨夜我偶翻旧文，翻到一篇《青瓦》，当时正一面在微信朋友圈上和更远方的小青聊天——恰好在我上个月写《西湖猫律》念叨到法海青蛇的那天，有个网友从我常发作品的一个陶瓷艺术群加上我，然后我看到她不少充满野性的天才画作和雕塑作品竟署名"小青"，一时愣怔。

远方的小青远到哪？远在地球的另一面：纽约。

我顺手把《青瓦》发给她——带点炫技的味道。片刻，对话框弹出一句话：

"野马君，你一定是猫太郎转世。"

"怎么讲？"

"这还不是证据么，猫吞鼠。"

我一怔，回过神来，呵，真是，现成放着个大梗！我怎从没发现？旧文中

金风, 撕纸彩贴, 纸本彩墨, 68cm×44cm, 2024

有一段，写的是我大约五六岁时，有一年秋收，曾在大人怂恿下，在田头吞下一窝用潮汕咸菜叶裹着在红瓦上烤熟的未开眼长毛的小田鼠。乡下老农说此法大补，给未发育的幼童吃，比高丽参都管用。

直如隔空施法，嘁嘁之声又砰然大起！陌生而遥远的纽约小青这十万八千里外无意一言，一一都中：弱龄吞鼠，少壮猎雀，至于吃鱼，海边人那是不用讲的，而且我吃鱼最喜鱼头鱼骨，嚼刺如泥。然后，在社会发展膨胀宽松到我有能力辞乡远游的时节，离开潮汕来客江南；然后，因为爱欲情迷，一往不返；然后，杭漂、北漂、鄂漂、渝漂；再然后，正牌景漂。再再然后，办展云间，耸身入沪，飞越杭州，重返江南。不知余生尚有几多野活能量，继续大橘春日之漂！前年我就动了强烈念头，想买一辆房车上路去，一路写，一路画，天下漂……不意卡夫卡《变形记》还有我这样一个版本！

"春天长廊的终点在哪？俺也不知道，俺也没到过。"

我又想起多年前寓居杭州良渚文化村某日出门见春树即兴所吟一首绝类俳句的短诗：

忽然想大声吟诗
我可不可以爬到树上
获得鸟的位置

呀呀，这不是猫常干的事么？

好吧，我是猫。宋朝大猫奴陆游说了："人生不作安期生，醉入东海骑长鲸。"我既远活，就要浪得像老汉口的壮游大橘一样生猛，不，一定得比大橘更滋润、精彩。

汉口大橘，一别经年，你这会远活到哪儿了？泅渡过那日你在屋顶上指给我看的那片隔水毡乡了吗？我怀疑那儿就是芳草萋萋鹦鹉洲。又或你一路南下，和四季一样快，估计下一个夏天你就远游到沅湘之境，说不定，你会遇上山鬼，小心被收编了呵！

◎

妙歌诗：一天

这就出去，做一棵走动的树
这就看到，由蝴蝶表征的风暴
这就逗开黄猫的红舌头

这就下雨了
这就有茶喝了
这就又有睡意了
这就又活好一天了

大橘记　妙歌诗：一天

阿宝, 纸本设色, 镜心, 直径 40cm, 2024

花间词：宋朝来的一只猫

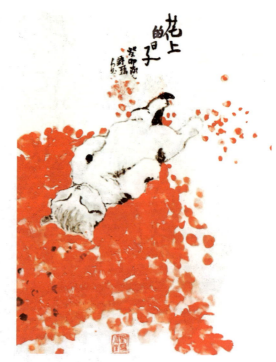

花上的日子，瓷板画，24cm×22cm，2023

猫与花，本一家
萌草木，蔚云霞
狸花阿花，大花小花
橘白玳瑁，枕石眠花

《本草纲目》说
有一种灵猫
自为牝牡，阴香如麝
相猫书说
身黑四蹄白，叫踏雪寻梅
身黑有白点，名金钱梅花

192

开春，纸本设色，35cm×58cm，2020

猫死
瘗于园，可以引竹
葬于山，可以收珠
三花猫，五花马
呼儿将出换美酒
与尔同唱花间词

193

金红大妙图, 布面油画, 60cm×80cm, 2024

◉ 金虎红花，百事可合。

194

美学课, 纸本设色, 镜心, 直径 30cm, 2018

◉ 一只从宋朝来的猫，簪花是必须的。

195

◎

妙歌诗：

猫有两把

柳叶飞刀

猫有两把柳叶飞刀
在秋天嗖嗖穿行

另一个出口
幽蓝不可久视

说到眸子
太阳当然是最小的瞳人
经常用可笑的愤怒
灼烤地平线上的树
那可是他自己的睫毛呵
仔细瞧那匹流浪的大黑猫
在小瞳人的愤怒中
它欢快磨刀

湖，布面丙烯，100cm×150cm，2024

197

猫咪四季歌

立春

◉ 猫掌握时序密码，
  它将春天立成故事。

立春, 纸本水墨, 35cm×95cm, 2020

谷雨

◉ 雨丝风片外，
　花下一壶酒。

小满

花下, 纸本水墨, 135cm×35cm, 2022

立夏

立夏, 纸本水墨, 70cm×35cm, 2022

白露

◉ 人间白露霜花重，
　阿猫黄酒蒸秋蟹。

秋分

秋分, 纸本设色, 48cm×42cm, 2024

201

冬至

凛冬将至, 纸本设色, 50cm×35cm, 2022

七 小雪

大橘记 猫咪四季歌

小雪，泥版画，32cm×23cm，2020

203

过年了！

庚子安康, 纸本设色, 30cm×30cm, 2020

妙歌诗：
九省通衢的
唯一芦苇

某城闹市中，残存旧建筑
旧建筑残存旧楼梯，皮表已磨破，孤立在墙外
栏杆之铁，一年年为千万手掌打磨，黑而美

三宝是一只奶牛猫，八岁
出生于北京，随主人搬迁
曾被飞机扔到东莞，扔到重庆，扔到新疆
现居武汉，住过临江公寓，澳门路，梧桐大院
去年冬天搬到此处：出门即楼梯

现在三宝每天天不亮就出门
靠墙伫立在第四级楼梯
一支白花花的芦苇
让老汉口的初阳轻响，月夜惆怅
即使细雨霏霏
这支肥胖的芦苇，也不愿收割自己

三宝妈妈，一位忙碌热心的聪明小妇人
她得每天开两次肉粒罐头，唤回凝望者
她替武汉三镇人民，照看这九省通衢唯一的芦苇

205

小白（《了不起的猫睛石》之一），布面油画，80cm×100cm，2024

207

猫史记·唐一刀，宋一脚

南宋人所著《诗人玉屑》说，中国本无猫，印度佛寺为防鼠咬佛经而畜猫，唐玄奘西天取经，连带这防护措施一起"拿来"，猫遂"遗种"中土。

这当然是瞎扯，不过，猫佛缘深，却自古而然。

佛门戒杀生讲报应，恶棍屠夫在菩萨面前也不太敢造次，野猫依寺而居，安全感高。及至宠物世代，华屋与江湖隔绝，猫界已无士大夫。猫们想在享受高檐晴窗暖蒲团的同时不被净身拆蛋，仍可来去无碍自由叫春，大约只剩佛门一途。

"春叫猫儿猫叫春，听他愈叫愈精神。老僧亦有猫儿意，不敢人前叫一声。"（《牛山四十屁》之一）佛门禁欲，猫叫春，顺带代言，替不能叫、不敢叫的通寺满庵僧尼叫。明末清初金陵牛首山志明和尚这个响屁，把阿猫与佛子明着相嫌暗里相需的"猫腻"捅个透亮。鲁智深绰号"花和尚"，也在有意无意中标志了众生的"佛门观察"。

但猫腻总有玩坏时，叫春早晚害死猫。宋人林光朝就大声投诉："宁可时时被鼠煎，狂猫一夜不成眠。"这投诉，有我佛提前受理。这不，维年日月，大唐池州南泉寺一只人见人爱僧闻僧痴大好春猫儿，被座上方丈一刀两断，是谓"南泉斩猫"。此一段禅宗公案，历来称为难解，我道脱落猫腻，明白如画。

如何是达摩西来意？在南泉看来，此一刀乃当下了断，两处解脱，所斩者夜夜叫春声，所解者贪嗔争纷。这老儿不思量满手猫血，自谓斩猫救世，无上菩提。正自得意，赵州和尚一个脱履安头，当头棒喝，直揭南泉本末倒置，枉杀造业。赵州无非是说，欲望是本性，根源在人心。与猫何干？杀猫何补？

南泉和尚不解风情，枉担猫命。数百年后临安城中宋高宗，借猫判人、凭猫救世，才是当下了断大宗师。高宗无嗣，大臣建议从宋太祖一系的宗室子孙中选择继承人。阿猫于是神光乍现，客串了一个提前撤换下一任皇帝的历史名场面：

　　绍兴壬子，诏求宗室入宫备选。得二人焉，一肥一瘦（形容清瘦），乃留肥而遣瘦……忽一猫走前，肥者以足蹴之。思陵（宋高宗）曰："此猫偶尔而过，何为遽踢之？轻易如此，安能胜重耶？"遂留瘦而遣肥。瘦即孝宗也。（李心传：《建炎以来朝野杂记》）

　　赵构借猫鉴储副，胖子一脚失江山。历史也证明南宋好猫这腹上一脚没白挨。宋孝宗赵昚即位后，励精图治，天下致安，史称"乾淳之治"，本人也获誉"南渡诸帝之首"。这唐一刀，宋一脚，可都是中国猫族为历史、为文化作出的牺牲和贡献呵！

如如佛，纸本水墨，100cm×35cm，2020

猫史记·唐一刀，宋一脚

捌　端午记

猫爪一课：失端午

妙歌诗：他有一只叫宋玉的猫

圈养还是放养？

手头紧的日子

请阿猫躺钱

为1.98亿增加一毛

妙歌诗：秋声赋

猫史记·蝴蝶给猫带来了什么？

踏遍春山猫未老之二，纸本设色，60cm×68cm，2024

当端午向我靠近
或享受我的抚摸
爪爪总是一张一缩
像乡下人热切的忐忑
初次约会者健康得不知所措
想象中那墟落炊烟
逢年过节的穷者

我没学过猫科
但我明白这是猫微弱而温热的欲望
端午未满周岁
已经比人类中的孤独衰老者活得透彻
它隐蔽而体面的精细动作
茂盛如青草格外荒芜

——野马歌诗·端午组诗·猫爪一课

2016年，客居江南的第九个年头，年初我从杭州小河直街移居良渚文化村白鹭郡南。

端午节那天，网友、艺术学硕士Kelly从苏州给我送来一只烟灰被毛褐黑条纹的英国短毛猫，是一岁女猫，Kelly已给它做过绝育手术。

Kelly心善人美，一看就是真猫奴。大概因故暂时无法照顾猫咪，或者用她的话说，不忍心让猫整天关在高楼斗室中，知我爱猫画猫有条件养猫也正想养，刚好她有友人来杭州办事，遂搭顺风车移猫入浙。

213

今日瓜大, 纸本设色, 40cm×88cm, 2024

今日瓜大

大暑時届 多飛 馬驥於上

215

是日端午，因以为名。

那天 Kelly 带端午来良渚，喝了我用单枞芝兰香泡的潮汕功夫茶，吃了顿饭。作为端午的前妈和后爸，临别时我们仪式感加几分肉感地紧紧拥抱过。她看白鹭郡南环境很好，我住的又是一楼，沉降层外面还有小花园，且喜端午离方寸虎丘，得三千良渚，也欢欣放怀。

除了有张正宗大盘脸，端午的花色不算纯，夹杂狸花的意思，性格却特别"英短"，很是驯良亲人，亲到没啥戒备。腻主人那就更不用说了，千方百计蹭啊靠的，每每腻到我整个人不自在。后来，多年以后的后来，我似有所悟：男人若不能忍腻爱猫，八成处不好伴侣。换言之，猫于男人，好比幽灵世界派来的情感测试员。一个男人，是适合与一个你爱也爱你的女人建立愈来愈亲密的长期共处的关系，还是骨子里就已经爱无能、爱反胃，甚至只是长老而没长熟（或者相反，没活到真个老朽就熟透），本质上更适合独处，注定孤独，巫婆也算不准。这个男人，如我，自己也不知道、不确定。没关系，猫知道。猫主子一旦腻起来，才不管猫粮罐罐衣食无忧过的是谁的日子：你就是它眼中所有的日子！就说端午，那一刻不停盯着我看的小眼神，无辜得像天使的死亡凝视！

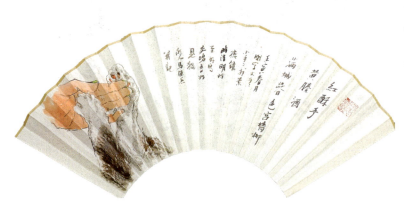

红酥手, 纸本设色, 扇面, 2021

216

这谁受得了？我受不了！我烦。

（后来的后来，2023 年冬天，我重游良渚，到七贤郡拜访当年我赁居白鹭郡南时有一面之缘的大猫奴文晓，她是一名可以宅家工作的资深软装设计师，看样子三十出头，应该仍单身，一厅二室的家净洁有序地养着 21 只前流浪猫。她说，若只养一猫，不是猫适应了孤独，高冷不亲人，就是眼里只有主人，把人腻死。最好养两只，平时它们会自己玩。我恍然又有新悟，且稍获解脱。既然大爱之女性猫奴如文晓于猫腻都有切肤之烦，我的"受不了"就不一定与"爱无能"正相关——或者真相更硬核：说不定本来这个世界上每个人骨子里都"爱无能""爱易腻"呢！打开未来的正确方式也许是，用宠物时代的标准再去养猫，养俩，最好是一只虎头狸花、一只碧眼玄狸，再理直气壮漫不经心地，去爱人，爱女人。）

另一个背景是，我养端午，正好在我对猫的认识由家畜向宠物转型、重构的中期，虽已知有罐罐并网购供备，每周一两回加菜，此外亦买过猫草，不过仍奉行幼时认知的关于家畜的天然立法，认定猫不该与人同眠，并严禁端午上床。猫不上床养不长，这个说法，直到端午走失后数年，我才听说。

我还真没把端午养住。它丢了两次，第一次找了回来；第二次，长相失，附带被它的原主人 Kelly 愤怒索赔、诅咒、拉黑。

端午游荡回来
没找我续费
又跳上它的沙发床位
对接地气的物种而言
人间即青旅
鬼混完
自个睡

——野马歌诗·端午组诗·青旅

217

◉ 前生旧童子，
　　伴我老山村。

前生旧童子，纸本水墨，108cm×35cm，2018

第一次，端午被邻居偷了。

端午来到白鹭郡南，很快熟悉了环境，平时自由出入，基本上每天都会自己出去溜达一圈，不几天就连猫砂盆都不用，直接给小区草木无迹施肥，外头解决了。

可有一天，它一早出去，过午未归。

我觉察不对劲，出去找。

最灵便的办法当然是喊名字："端午……端午……端午……"——我走着喊着，仿佛是个端午节过去半个世纪才想起来叫卖蛋黄粽子的溏心疯子，又仿佛山鬼让屈原出来招魂，唤她的大狸猫回家吃饭。

我从住宅正门前面的区间路一路喊出去，拐个弯，又往后门走。

突然，我捕捉到喵喵的微弱回应，是端午。循声找去，确定声音来自寓所后门斜对面那幢楼二层转角带阳台的外边套，就在我家后门的斜对面。

我按响那位住户的门铃，许久才有回应。上了楼，一个形貌猥琐神情鸡贼的三十来岁男人，努力作出懞懵状，把我让进门。客厅却不见猫，猫在边上一个房间里叫，而房门打不开。男人说，那个房间的主人是合租的女客，上班去了，要晚上才回来。男人又以目击者的身份补充说，猫是自己走上二楼的，女租客以为是无主的猫，就收留了，还给猫洗了澡。

至于女租客，男人说没有她的联系方式，联系不了。

扯淡！

猫会自己走上有门禁的陌生二楼？一对合租的男女于同一居室长期陌生失联？再说端午脖子上原来挂着小铃铛，平时出入都是远远就能听见铃儿响叮当，现在铃铛不响，明摆着是销声灭迹的小伎俩。不过那时监控还没现在这样无死角遍布小区，估计找物业也取不了确证。我且不与那汉撕逼，好歹也是爱猫之人，算同一条战壕的损友。我下楼来绕到关猫房间所在的那一侧，再喊，端午从房间跑到阳台应答。我看见端午，端午也看见我了，它叫得急，但不敢跳。再后来，我找物业借来一张修剪树木的高梯子，爬上去，勉强够得着，总算有惊无险把它接了下来。

失去小铃铛的端午，香喷喷回来了：它上别人家洗了个澡，费用——一枚小铃铛。

草间弥生，纸本水墨，95cm×45cm，2024

转眼临近春节，我得回广东老家几天，怎么办？我先想到托管，用猫包带端午进城，较近良渚的杭州城北三墩水曲苑边上有家宠物店。我到那儿一看，所谓寄养就是把猫关在一个小笼子里，每天给吃的。寄多少天就关多少天，其间万一病死，宠物店不负责任。我起码得离开杭州七八天，端午岂不是要一直被关小笼子？转念一想，良渚的家挺宽，外面小区活动空间那么大，都是端午熟悉的。我正好有个朋友住在附近，我放足猫粮，再麻烦她每隔三两天过来照看一下，换水加粮，岂不是好？

那位朋友按我嘱托，在我离杭后的第二天上郡南给猫换水加粮，亦见到端午，一切正常，我悬着的心放了下来。

不料，第五天她再去，却见之前添的猫粮没动，端午也不见了。

我知道，大事不妙了！

我提前一天赶回杭州，又像个失忆的卖粽人一样连续好几天唤着端午的名字整小区转圈。这一回，杳无应答。

到现在，我仍无法确定端午是怎么丢的、丢哪了？

主动出走？还是像上次那样被顺手牵猫，甚至被小区外面来的猫贩子一布袋套了？白鹭郡南的物业管理挺到位，猫贩子作案的可能性不大。英短属于外来的品种猫，宠物店可以专门育种卖好价钱的，又典型地亲人，对陌生人几无戒备，被识货的主抱走圈养在自己家或者卖给城里宠物店的可能性都很大。

220

向来有个说法，猫认屋，狗认主，就是说猫的领地意识比狗强。我曾抱着端午出门散步，只要接近小区大门，它就会奋力挣脱往回跑。真奇怪它是怎么知道出那个门就算小区外头的？有了这样的经验，我想让端午待在家里，它也就是像平常一样楼前楼后逛，不会也不敢自己跑出小区，一周左右的时间不会有问题。

但在端午丢后不久，有人告诉我，猫若发现主人长期不在家，会以为被遗弃，因生无可恋而自己选择出走。此亦聊备一说。

再后来我又听说，偷猫贼还真有，大多是兼职，甚至防不胜防——个别良心坏掉贪小利的外卖快递员会干这事，他们有进出小区、顺手套猫以及伪装带出等方面的天然便利。

远在苏州的端午旧主Kelly，大概从我长时间不发关于端午的信息上觉出异样，有一天突然说她想来杭州看端午，我只好告诉她端午丢了。她大悲大怒，说若找到愿意给我一万元领回，不然要我赔偿。我也没多辩，微信转给她三千元认赔，她说她会把这钱捐给动物保护协会。这我相信，虽然只见一面，直觉告诉我她的确是个相当纯粹而很有爱心的人。

再后来，她把我拉黑了。

我想，Kelly至今还会恨我。我老了，懒了，远活独行多年了，这个世界上至今仍恨我的人已经很少很少了。能让一个只见过一次的优雅女士仍然对我偶有恨意，也只有英短端午了。

写下这结尾一段时，正好是2023年6月22日，癸卯年端午节。失端午，七年祭。

221

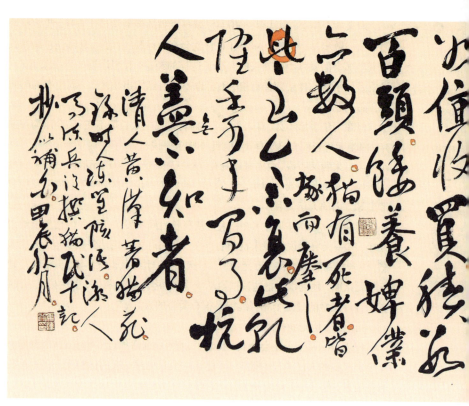

抄清人黄汉《猫苑》妙事一则，行楷，55cm×135cm，2024

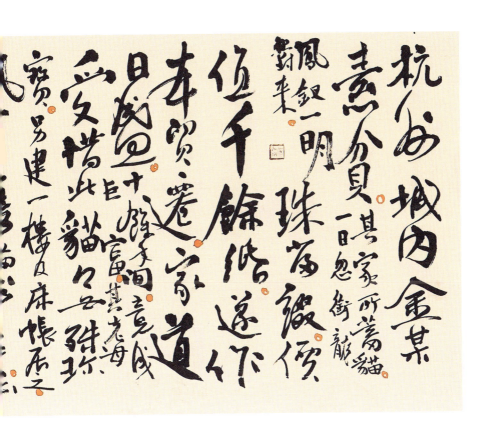

杭州城内金某素贫。其家所养猫一日忽衔龙凤钗一对来，明珠满缀，价值千余缗，遂作本贸迁，十余年间，竟成巨富。其老母爱惜此猫，无殊珍宝，另建一楼及床帐居之。凡有携猫求售，必如值收买。积数百头，喂养婢仆亦数人。猫有死者，皆塚而瘗之。至今不衰。此乾隆季年间事，杭人盖无不知者。

清人黄汉著《猫苑》，录时人陈笙陔语。潮人马陈兵复撰《猫民十记》，抄以补白。甲辰秋月。

223

宅家有猫图，纸本设色，45cm×90cm，2020

鸟鸣涧, 纸本设色 ,78cm×43cm,2022

端午记　妙歌诗：他有一只叫宋玉的猫

晨起
端午上扑下剪
做出很多台风的动作
这是它昨夜隔窗学习所得

我打开窗户
春天以来
它们一直洞开
除了昨夜矫情
让玻璃抱屋入怀

想起楚王
他有一只叫作宋玉的猫
我乃披襟当之
非常出彩

225

圈养还是放养？

"若要问任何一个生活在 20 世纪 40 年代的（美国）农民是否认为他的谷仓猫或猎狗是家族成员，他会像看疯子一样看你。……和大多数乡下人一样，我从来没有想过和猫能产生任何比燕子或草原犬更密切的关系。猫只是风景的一部分。"《离开荒野：狗猫牛马的驯养史》的作者如是说。

以猫被称为"毛孩子"为标志，在宠物世代，一切完全被颠覆。

猫既称孩子，在主人、猫奴、铲屎官等花式头衔间摇晃不定的城市养猫一族，就理所当然代入家长，当起麻麻爸爸。七八年前，当主人与猫犬间血亲身份的模拟与代入正在中国城市的养宠群体中毫不忸怩地遍地发生之时，我从英短端午的人间美妈怀抱中接过这位"毛孩子"，尽管懵懵懂懂，却意味着我已经在道义与惯例上接受了"爸爸"这个身份。虽然我在与端午的相处中从未如此代入、自称，但当端午丢了后，电话那头 Kelly 严厉而伤心的问责，还是让我不由自主捂住胸口：有一刹那，我觉得自己真像个养丢了亲生儿女的失职人父，罪无可道。

当年我还年轻，但见美人泪痕湿，没去细推背后的归责逻辑。2023 年年底，当我想从以一己之力收养 21 只流浪猫的良渚好猫奴文晓那儿接养一只她在是年国庆日刚刚捡回来并命名为"国庆"的虎斑奶猫时，认真负责且经验丰富的文晓发来一份《猫咪领养协议》，上面明确要求不能把猫养丢。我们交流过，我知道她的实际意思是要求圈养（她也一直这么做）。我才意识到我当

　　通过查阅资料，我进一步了解到，猫该圈养还是放养，即应不应该允许猫自由进出家门，早就是且一直是很有争议的问题。

　　大致东方猫奴如中国、日本的"麻麻爸爸"们多主张圈养。一种看似颇主观的研究支持这种做法，他们认为猫是孤独的，有高度的领地意识，生来就不愿意和其他猫一起玩，因此整年关在家里完全可行。按这个逻辑归谬，最好的状态竟是独猫以终生，再养一只都会让毛孩子互相不爽。显然事实并非如此。动物行为研究已经证明，家猫和野猫几乎没有区别，因为太类似，直到2003年动物学界才最终敲定前者为一个独立的野猫亚种，叫作家猫属。事实是，离开人类，野猫或者叫流浪猫仍然生活得很好，它们懂得结成群体，可以分享食物、水、住所，甚至帮忙抚养彼此的幼崽。猫这种既孤独又合群的超级本事，足以让狭隘而爱想当然的人类羞惭不置。不过另一个理由也许更实在。文晓告诉我，猫在户外容易得猫瘟，一得则会传染给家里的其他猫，花几千元都不一定能治好。问题是猫皆有命，春节前，文晓发圈伤悼"国庆"，我惊问，文晓说，着猫瘟，没救过来。我问：不是圈养在家吗？文晓说："是的，但我出去喂流浪猫，回来进门没及时换手套消毒，传染了家里抵抗力最弱的小国庆。"

端午记　圈养还是放养？

曾是洛阳花下客，纸本彩墨，58cm×68cm，2024

227

支持户外散养的一派，据说在欧美尤其是美国比较得势。虽然猫在户外肯定风险更大，如走失遭遇车祸、打架受伤等，寿命也相对更短，但这让猫活出本色、活得自由。其实，圈养派的担心或者说苦恼可能挟带人类的自私：可以自由外出的家猫往往独立性更强，不会像整日圈养的猫那么黏人，甚至不喜欢被触摸。再说猫到发情期若不及时拆蛋卸卵而又放养，雄猫有可能为生命本能驱动而自行走失，如汉口大橘；雌猫走失的可能性小些，但会一年两三窝地生，让主人以火箭速度升任猫爷猫奶猫妙祖高祖一世祖，猫粮罐罐需求大增，弄不好可以叫钱包吃瘪，手头一紧。

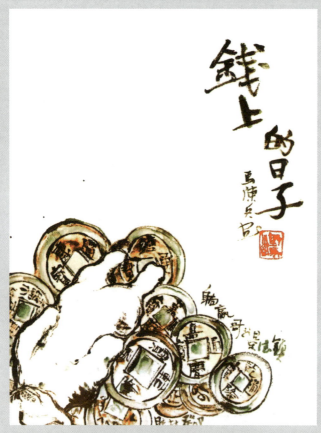

钱上的日子，瓷板画，24cm×18cm，2023

○

手头紧的日子

　　因为丢掉端午认赔的三千大洋，是我迄今一次性为猫付出的最高一笔钱。另一笔是某年深冬日暮时分我前脚才跨出北京大觉寺大门时给远在长江边的小公猫六宝妈妈发去的一千多元嘎蛋费，此前十分钟我正好收到一笔上万元稿费。不可否认，不管宠养家猫还是投喂流浪猫都得花钱。不少猫奴往往爱心泛滥一发不可收，猫越养越多，尤其像我认识的杭州猫奴文晓、六宝妈妈那样经常收养流浪猫的都市好人，更是欲罢不能，猫口日增、猫民满屋，到后来猫的开支几乎占去收入的大头，真要为猫节衣缩食。

　　再者，流浪猫的穷愁（这也许是人们的想象），也是很能引起人类共情的。万里悲秋常作客，故国平居有所思——不知为什么，我每见老猫愁猫，就想到杜甫，为此画过好几幅猫界杜甫诗意图。

　　好在这些年各地都有好心人救助流浪猫狗。一位人称方大侠的设计师数年前就在景德镇发起成立了小动物保护协会，在浮梁设立流浪猫狗救助基地，现在收养着数百只"流落人间的天使"。不过，真要为猫创造更好生活，大家还是要好好赚钱。比如方大侠就在三宝、陶阳里等地开设"不土"艺术商店，希望用文创产品的收入支持流浪猫狗的救助，可圈可期。

　　让阿猫躺钱，不易。

229

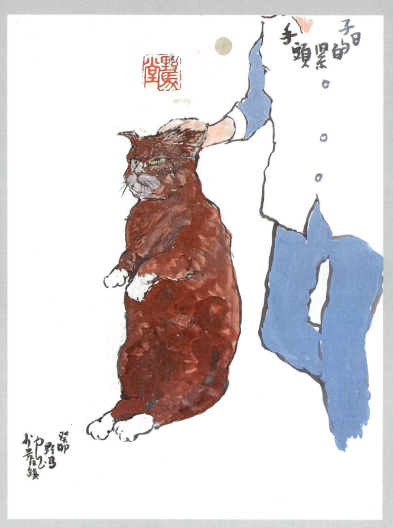

手头紧的日子, 瓷板画, 24cm×22cm, 2023

◉ 麻麻手头一紧,
　阿猫头皮麻麻。

2019 年，我在广州办"过隙·有猫"画展，诗人世宾来看展，指着这匹"杜甫诗意猫"说："若评世界美术百猫图，这只猫一定入选——没人画过比这更瘦的垂死老猫！"

我说："老杜有知，拊膺大哭。"

万里悲秋常作客, 纸本设色, 46cm×33cm, 2018

◉ 猫犹如此，
人何以堪？

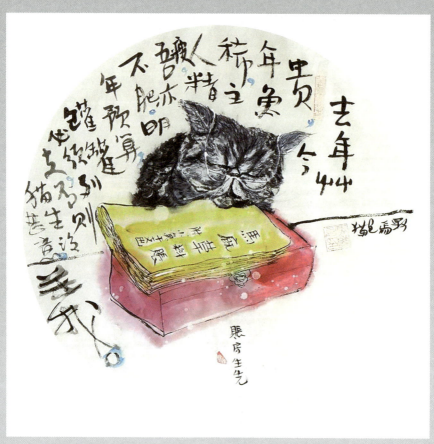

账房猫, 纸本设色, 镜心, 直径 30cm, 2019

◉ 去年草贵, 今年鱼稀。
　　主人精瘦, 吾亦不肥。
　　明年预算, 罐罐必须列支,
　　否则猫生没有意义。

◎

请阿猫躺钱

禽畜年代，鱼头鱼骨拌个剩饭便足饲猫；宠物世纪，猫如小孩，如贵族，若要好好养猫，花钱多多益善。尤其看个猫病，常比人贵，弄不好能让工薪族小小破产。"手头紧的日子"，有时还真是猫整的。

英国女作家多丽丝·莱辛在 20 世纪 60 年代写作《特别的猫》时，中国离改革开放还远，我则刚来到人间。2007 年她获诺贝尔文学奖，这一年我才从老家潮汕移居杭州。那本书我读过，她后期收养的流浪猫鲁夫斯和大帅猫巴奇奇都曾患重病，先后住院动手术。这让我知道那时伦敦已有给猫治病的专业去处，只不过仍称兽诊所，未叫宠物医院。以此观之，英国养宠世代的开启，要比中国早上七八十年。莱辛当年给两只猫治病花了多少钱，她没说，肯定不少，但也不会离谱如今日。

中国的情况比较特殊。传统兽医原来只为战争或农牧业服务，专治牛马驴羊等大牲畜。猫狗也有针打有药吃，基本是上世纪末本世纪初才出现的新鲜事。相关机构一上来就挂宠物医院的牌子，主打猫狗。据业内人士透露，包括医疗项目在内的宠物服务业，属新兴小众行业，定价尚无定规，也未受实质监控，医疗费动辄过千近万，每让人"医宠若惊"。如六宝的麻麻，多年前北漂时救助过一只被车碾过的幼猫，手术费过万而不得不告借；前年她于武汉又收养一只先天断手的奶牛猫小霜，就是本书前面特别致敬过的猫生无怯"铁拐李"，先做去骨刺手术花掉几千元，后来她姐姐又赞助几千元给小霜做截肢手术，这才彻底免去这位猫中好汉隔三差五因为好动与战斗把断脚磨出血来的痛苦尴尬。至于最常规的拆蛋嘎卵，十年前亦要千把元（近日听说已普遍降价，北京最便宜，公猫嘎蛋才一两百，杭州仍需三四百，这是行业竞争的自然调节，非行政监管之效）。所以说，要养猫，先躺钱——阿猫身下躺的开元通宝，那都是奴才的老钱。

遇钱记，纸本丙烯水墨，35cm×135cm，2024

富人们——本来就躺在铜钿上的主子——养猫，从罐罐猫条到玩具衣帽金链子，甚至专门为猫盖屋造别墅，带猫环球旅行，会有大把让你爽如流水的下单处——谁让这是个全民宠猫的时代呢？调查显示，不生孩子宁养主子的"奴才"队伍正在迅速壮大，新晋的猫爸狗妈，有不少来自曾经宣称"我们是最后一代"的都市低欲望躺平族。

不是我不明白，这时代变化快。网红猫咖时代，反过来让主人躺赢的"打工猫""网红猫"已闪亮登场。就我所知，一个每天固定发三四组阿猫萌照小视频的APP，早已圈粉千力级，头条广告收费都是五位数。

有钱的日子总是好。请阿猫躺钱，最好人猫皆躺，妙财同发。

234

端午记　请阿猫躺钱

输金图，纸本设色，80cm×58cm，2024

◉ 金鼠上门，
　红包拿来。

为1.98亿增加一毛

毛里求斯, 纸本水墨, 95cm×45cm, 2024

236

猫身上每平方毫米有 200 根毛发，一只成年猫的皮肤表面积约为 0.252 平方米，大约有 5040 万根毛发。而且猫的毛发结构复杂，按照从短到长的顺序依次是绒毛、芒毛、护毛和触须，微而观之，就像一片奇幻森林。

为 1.98 亿增加一毛，布面油彩、丙烯，80cm×100cm，2024

几年前，常玉笔下这位裸女拍出 1.98 亿天价。拍卖一只猫，若按毛计价，几只猫就可以换一幅常玉。常玉已逝，猫毛无量。但若哪个财主或者藏家真不把猫当回事，无毛猫随时平替顶岗。

所以，好好爱猫，既能卖萌，也可卖毛。野马画猫，分分钟让人亿上加毛。

妙歌诗：秋声赋

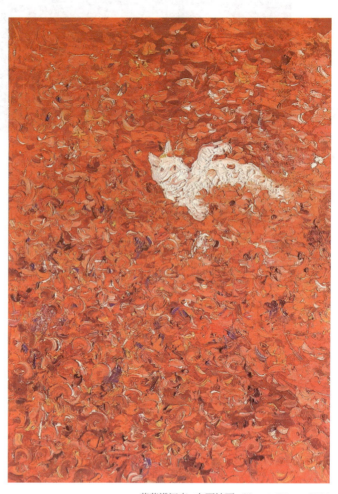

花落满江南，布面油画，80cm×55cm，2024

仅仅因为我不陪它玩
连着几天不让它腻
刚才，端午突然一股脑儿数落着，它叹气

听好了，这些音节肯定不属于咪
这些音节，一定是屋子外面捡的
可它怎么捡？
捡了怎么串？
——这音节有十几个之多
而端午四个月大就被阉过
早没了发情蛮力，失掉叫春创意

这肥胖的笨猫又很少出去，它肯定不敢走远
屋子周围也没什么
不过是蝉的遗矢，爬山虎的咕哝

"然而我每天在地下室外小天井狩猎
拦截并吃掉各款刚走到秋边的飞虫
为此逆袭成欧阳修的童子"

239

猫史记·蝴蝶给猫带来了什么？

朱彝尊《静志居诗话》说，如皋县令王岫生爱猫成癖，猫儿向空扑蝶，尤其让他着迷。王县令因此下令全县百姓捉蝶呈堂，"有罪者许蝶赎"。

大明王县令真是人才，可惜生得晚。若当宋徽宗时，他少说也是汴京艮岳殿前司猫蝶大使。大宋第一猫民赵佶最大的贡献，就是用"耄耋"命名御制猫蝶图。虽说在《梦溪笔谈》所记古画中，阿猫已凭一线之睛表征了正午牡丹的富贵全盛，不过意出臣民，终是乡愿。天子钦定的谐音，事同圣旨，赐汝猫蝶配，安敢不耄耋？自此以后，自由的蝴蝶就冒着生命的危险吉祥了舞空阿猫。《耄耋图》成为祝寿图主要范式，历代相承，连青藤白石徐悲鸿都猫蝶如仪。

那么，回到题目：蝴蝶给猫带来了什么？

我的答案是：化妆师，搭救者，招财员。

历史的时间单位动辄以王朝世代、十百千年计。虽说先秦已"有猫有虎"，狸首斑然，但家野难分。猫被大规模驯养，大约要到南北朝时期，而紧接着就发生猫鬼案。换言之，中国历史上，猫第一次正式的官方亮相便直接进入至暗时光。《朝野佥载》谓隋朝猫鬼狱起，天下"递相诬告，郡邑中被诛者数千余家"，弃猫杀猫，自是无算。所幸隋文早死，隋朝祚短，且中国始终没有建立起宗教政权，不至演成欧洲中世纪数百年烧猫杀巫惨剧。另一方面，中国宫廷养猫宠猫风气早已兴起，入唐尤盛。猫科动物们其实也非常努力，例如猞猁除可训练供百戏表演，在唐代也曾和猎豹一样用于狩猎（邢义田：《汉画、汉简、传世文献互证举隅》，《今尘集》下册）。即使如此，妖氛鬼气仍如影随形。萧淑妃一个变猫抓鼠毒誓，就让阿猫鬼气爆表，前些年无厘头电影《妖猫传》也拿唐朝造端戏说。五代乱世，虽说从武夫王建到词人李煜都以帝王之尊宠猫不辍，但那边宫中夜触丹鼎，这厢佛前撞破琉璃，天下到处猫糟糟。即便是在承平日久的北宋中期，苏轼兄弟还和猫不对付，阿哥上疏，强调"不可以无鼠而养不捕之猫"，阿弟炼丹，猫溺其炉（林逋：《省心录》）。设若没有宋徽宗御制猫蝶之图而名以耄耋，戏蝶扑蜓亦寻常顽事耳，花团锦簇到底是别人的热闹，猫儿怕要一路落单，至今无异鸡犬禽鸟呢。

深扒猫蝶前史，猫从蝴蝶那儿得到的好处远不止寿考吉祥，要我说，阿猫自猫鬼案中鬼气森森的移财似巫到今日人家店铺中呆萌十足的凭空招财，也即从早先的暗黑料理向后来阳光喜乐的华丽转身中，"蝶赎"有大力焉。"青蚨飞去复飞来"，早在干宝《搜神记》中，一种似蝉如蝶名叫青蚨的飞虫便因其能使钱子母相寻自飞还而著称。晚唐笔记《酉阳杂俎》中，猫扑蝶也曾直接幻化成金光闪闪的招财神术："平陵城，古谭国也，城中有一猫，常带金锁，有钱飞若蚨蝶，士人往往见之。"招财猫那高高抬起的过耳一爪，原是扑蝶大招。

一瓢风日, 纸本设色, 70cm×70cm, 2024

241

玖　妙画记

猫民代表
大乐透

养丢端午后，我在杭州又待了两年，没再养猫，或者说，未敢再养。

但我"乐透"出另一种恣肆自得的方式"有妙"。

我画猫。

我本亦妙然一"家猫"，不意开挂远活，往而不返，竟野化成大橘虎斑。既重逢阿猫于江南，如对故人，一茶一酒，且喜且画，不意真属相得，乐不可收，遂成纸上奇癖。其有前缘乎？

我之画猫，于小河直街打捞前朝水声时就已开始。搬到良渚文化村白鹭郡南，住所一楼附设沉降层那六七十平方的大通间，成为宽敞安静大画室，房东楼博士是热爱运动的帅哥，原来摆好的乒乓球台就手成为大号画桌，复得良渚玉气清辉之助，画画临帖，更成日课。如此，满画室的纸上"猫民"，加上我喜欢画的另一种天地美物花中百合，让我家一年四季众猫喧哗，春烟大合。一日偶得喜感，画一只投票赚鱼干的"公民"级傻猫，名之为《猫民代表》，江南才女美食作家神婆爱吃王慧敏在她的公众号上，让这位"代表"露了个大傻脸，就粉力十足被一位远在广州的陌生"猫民"重金订走。这成了我卖出的第一件猫画。

2018 年夏天，我在良渚大屋顶美术馆首次举办个人书画展，取名"猫民代表"。

其后数年，我陆续在广州、杭州、桂林、深圳、上海多地办展览，猫一直是

猫民代表, 纸本设色, 镜面, 直径50cm, 2017

主角。尤其是2023年夏天上海陆家嘴云间美术馆一展,沪上猫奴麇集,阿妙大卖。家养双猫的资深藏家有贺萍萍君赠我虎帽一顶,曰"猫王"。此真可谓"海上猫遇"。

　　很久很久以前,《千里江山图》中的一个中秋之夜,风月无赖张孝祥扁舟一叶,"著"出洞庭三万顷,醉后不知天在水,躺平了向沧溟大卖关子:"悠然心会,妙处难与君说。"在下画猫,妙处虽难,而大可与君说。"说"亦通"悦",乐已悦人,正当大透快说。

　　我自幼熟猫,人间失猫二十年后,复与阿妙久别重逢于江南。其后所养多猫，虽负猫甚多，迄今无成，而不专一品，且撸且摹，渐知曲折。如猫眼、肉掌之色与被毛品种的惯常搭配、小奶猫的表情架式、黑猫白猫的大墨写意与狸花虎斑的渴笔撕毛、猫耳内轮下方的小结节与略微出透的肉色、猫睛内外廓、花鼻头、胡须垫乃至猫爪子的细微变化等等。

妙处难与君说，纸本设色，69cm×103cm，2024

　　我之画猫，得益于学术文章物态世情种种猫外功夫，"猫语十级"，每能从司空见惯的场景中刹那发现言外之意、猫外之禅，目击道存，天机独抉，无心插柳而妙得猫意。

　　猫外功夫，人多能为，为乐尚浅；我之画猫，身同猫生，猫人合一，此他人所甚难仿，而我之精神由此出透，大乐于焉无边。

246

苍茫图, 纸本水墨, 50cm×50cm, 2022

　　我的性情际遇、果报因缘, 与黑丑肥婆大橘猫王们实可一比。

　　我本生长于广东沿海, 欣逢改革开放, 由高考入世路, 初亦供职机关、所谓国家干部, 好端端为子为夫为人父为小吏, 正属太平年代安定舒适的烟火家猫。无奈野性太重, 驿马缠身, 素不安生, 隔三差五踯躅跳掷, 翻墙上屋, 频频变道换轨, 壮年一游江南, "遂迷不复得路", 毁絭逃家, 屡被春叫, 马跃檀溪, 真成野喵矣。此来忽忽将甘载, 江南蓟北、江汉巴蜀、江西上海, 所在远活, 有时四顾, 虽眼角风疾、鞘中剑鸣, 每有天地苍茫不知所归之感: "郎今欲渡缘何事? 如此风波不可行。" 这算得经典的 "流浪猫视角" 吧? ! 与此

247

同名的另一幅以流浪猫为主角的《苍茫图》画于2018或隔年年初，其时我蛰居于京郊六环外的河北固安苹果公寓，正处人生又一低潮迷茫期。某日入北京城谈事访友，傍晚坐地铁到天宫苑终点站，再搭拼客小车回固安，途中得诗《落日正燃烧河北郊野》：

走出地铁终点站
到坐上拼车——这是回家的最后一程
——之间有片刻
我闻到夕阳与泥土的混合
那是一支三四十年前的鸣镝

上了车
我就开始打盹
车在打盹中完全脱离北京
我睁开眼，落日正燃烧河北郊野

那天我一路打着盹从北京带到河北的"我"是天涯人还是流浪猫？打盹中睁开的眼是我眼还是猫睛？多年过去，我不确定。

不止生涯无间道于"家猫""野猫"，中年以后，我更按脾性和治学写作之需，借径江南风月，打捞前朝水声，过起小楼一统的"猫式生活"。我从辞职下海之后就毋需按时上班，虽然创业之初也曾"亲临一线"乃至"闻鸡起舞"，不过紧张拼命的时间也就两三年。来居杭州尤其是搬入小河直街起，借得最忆江南，我就打定主意断弦改辙，退出小市民发财竞赛，完全让生物钟按着个性与生命的自然响应随便拨，饥食困眠，昼寝夜醒，那是整夜读书挥毫吃茶嗷肉几乎不觉时间流逝的那种灵光闪闪高效出彩的通灵透醒！夏大，小河对岸的第一声鸟叫是在凌晨4:30，深冬不晚于5:00。鸟到天亮就老了。有一年春节将近，深冬的杭州，天地特别寂寥。我站在直街街尾长征桥头怅望远空，发现另一件秘密：鸟在天空一直飞，一直飞，似乎亘古如是，不需停歇。我于是明白：**鸟在天空过年**。这些鸟事，我可从来没有透露给猫。每每东方欲晓，太阳出来，鸟叫累了，我倦意亦至。这时洗个热水澡，像猫那样肚白一挺，麻花半掬，刹那入白日梦，起大鼾声，一觉醒来，日午当庭塔影圆。那真叫天地放下，

248

阿猫弯弯，怎么躺都自流平。

上半生活在上半夜，下半生活在下半夜。

《诗经》开篇之"关关雎鸠，在河之洲"，猫界所谓"发情""叫春"是也，正人君子谓为不可描述，天地赖此生生不息。如斯性情儿女之事，自属生命第一赞歌。吾辈既在江南春色里，昵昵女儿语，恩怨相汝尔，风月主人亦当自作。有打油诗为证：

　　　　纳被生春梦，开窗见雪花。

　　　　佳人来欲速，横抱过家家。

佳人又睡了，纸本设色，35cm×68cm，2014

再有，更野。

我客居杭州借得江南十来年间，尤其是2016年前社会管理较宽松而监控尚多阙缺的那些年，春末到深秋天气和暖时，我必如猫赴野，深入西湖湖区露宿数回。那时的苏堤、杨公堤栈桥、曲院风荷湛碧楼边水岸、浴鹄湾草亭等处，都是今夕何夕、晓风残月的妙鸣佳境。布席轻烛、荤素酒食那是必须的，

249

不带帐篷也没关系，除了松鼠见喜，水石轻歌，没人会来打搅你。每每良朋佳人浅斟笑语过午夜，就可以脱个赤条下湖捞月。好几回我从苏堤下水，泅出柳荫月影，直到离岸十来米处，仰浮湖心，鼻与水平，落尽大地，透出青凝，皓魄当空，灵魂刹那出脱，忘却人在尘世，不知复有此身。每每这个时候，那"欲归法海的白蛇"就会在岸上满心欢喜地等待我，或竟活泼泼如青儿，也跟着分波入水……阿妙本自善泅渡，那"从林中空地蹿进月亮"的猫，便亦在这样响满水声的夜晚与我邂逅湖山。

桃花开，布面油画，60cm×40cm，2024

你看，这算不算通透洞彻，是不是如月猫江南、似水野生活？

如是，偶尔我甚至生出恍如隔世的感慨：此生何幸，得具阿妙大乐缘，屡入有猫厚福地。

童年潮汕乡村的有猫生活自不必说，客游江南十余年中，我大部分时间蛰居京杭大运河边的小河直街与良渚文化村。前者小桥流水，柳岸人家，闲花野草遍地，自是猫鸟欢喜世界。白鹭郡南为毛家漾与白鹭公园所抱，草坪绿地如碎瓷簪花，人家多养猫，野猫处处见，每得善待，亦常有流浪猫入户拜访。访客中曾有一只拖着蓬松大尾的长毛白猫，应该是被主人遗弃的名贵品种，总是行动缓慢，充满疲惫，忧郁出另一种风格，有《烤茑的忧郁》为证：

白猫是一只老猫
白猫是一头肥猫
白猫身肥面瘦大尾蓬松
看得出昔年生活优渥
现在为养老金发愁

盛夏的一天
白猫吃完我放在门外的猫粮
顺便进来坐坐
像上世纪远房的乡下穷亲戚
蹲一边呼噜呼噜抽几口纸烟
蹭蹭本世纪的木地板和空调
留下一把不中用的土特产
——那烤茑了的忧郁
又自觉离去

原乡与江南之外，我待过三年的瓷都景德镇，又是一方猫界乐土。

2019年年底我因画瓷入景德镇，机缘遇合，遂买屋卜居于御窑博物馆边上莲花塘畔。此地又名佛印湖，故老相传，东坡曾携佛印泛舟于此；清末民初著名瓷艺群体"珠山八友"，亦盘桓于兹。此地现为五龙山国家森林公园，鸥鹭远至，猫众出没。景德镇人亦多爱猫，我寓所在一幢老式筒子楼上，此楼原为市档案局宿舍。筒子楼前空埕，常日闲卧五六猫，问起来，都属山前野猫的后代，为几户邻居散养。夜深不知何处阿猫远喵，更是耳根常妙。有意思的是这千年瓷都的猫咪好像也自带青花冷釉，往往叫得节制而有腔调。

深冬某夜，万籁俱寂，唯有猫声。我独自听着，竟被感动，得诗《独唱团》：

深夜突听独唱
四声
天然宛转
抻出寒冰

猫！
哪匹猫？
这小镇遍地野猫
而哀愁这样节制
让人惭愧

夜空中开满百合花，布面油画，60cm×40cm，2024

2023年秋天我移居上海，斗起胆来想再养猫。冬天我专程拜访模范猫奴文晓，用一张猫画儿作聘，准备续端午前缘，重启有猫生活。但文晓属于身体力行的圈养派，我因为工作室条件所限且私心不赞成圈养，怕再负端午之咎，思来想去，改变计划，把猫窝猫粮水碗放工作室门外，权当在超一线城市大上海某处新增一个野猫补给点。第三天午后开门一看，猫豆已被享用。其后悄加观察，有黄睛黑猫和绿眼狸白二猫时常现身进食。黑猫，我称之为一玄，个把

252

月下来，偶也撸得两三把。如此，我既有助猫之德，又免丢猫之过，与阿妙海上相忘，两无拘误，很好。

某夜灵感大进，解衣磅礴，刀刮管挤，让百合花在陆家嘴的夜空与黄浦江的倒影中怒放，一猫纯黑，临水照花，穿城独行，遂成本书打头点题之画《上海一只猫》。怀素若在现场，应笑我于无佛处称尊。

昨夜猫来过，至晓一楼香。

双鱼远，纸本水墨，洒金宣纸册页，20cm×20cm，2024

岭南书画家萧悟了，昔年当过兵，写得道地而萧骚的旧体诗，颇有聂绀弩风味。我到广州办画展，他特来捧场，一面之交，倾盖如故。我流寓景德镇时，他订过我画的瓷器，古道热肠，亦大隐民间之风雅高士。萧君古风不替，于同好乐为推毂，尤喜"马猫"，曾发圈为我吆喝，列"马氏之猫"于齐虾徐马黄驴之后。萧君之言，大概得等大家都登遐之后才能验证，但我之画猫与古人乃至时贤皆有明显差异，这点自知自信，还是灼然笃定的。

　　我之画猫，目中唯见阿猫，画猫如人，以人譬猫，猫生即人生。某种意义上，是以漫画的精神、视角借水墨或油彩出之，中心未着猫耄蝶耋之想，也未留意于金簪铁枪。虽与俗有格，与雅有距，而深思自寄，面目独具。为快意计，吾宁可下笔银瓶破，断不作媚奴病猫道地。另一方面，潮汕文化"宁取盗统，不屑道统"，潮汕人生具海盗血脉、经商基因，某笔下之猫，宁无雄起之势、发财密匙？

　　对我来说，包括画猫在内的笔墨之事，其初乃是读书治学之调节或者说伴随活动，本未刻意师古习今。吾辈处今日之世，处处见猫，目不暇接，如 AI 之被海量投喂。我每见其非常可爱且天机出透者，亟欲撸之语之，有所未至，退而画之传之，本来无关猫之外的风景水石。要之，我之画猫，其始即因眼中见猫，猫是主角，是中心——或猫眼观世，猫拳开山；或拈花微笑，借猫说法。一纸一兴会，一猫一世界，一妙一菩提，务使豁此意表，明彼心性。何须屈喵倚石，借妙催花？亦由此，我之画猫，一意孤行，从不打稿，心有所动即染翰濡彩，放纸画去，下笔之初，常无一定命名立意，暨乎画成，水落石出，题自见，名亦现，往往收意外之妙，非主题先设预为构思所能及。

　　这个世界会妙吗？放爪一搏猫来了！

妙画记　猫民代表大乐透

放爪一搏, 纸本水墨, 100cm×35cm, 2018

妙歌诗：刁斗

时在白云来入户，纸本水墨，35cm×108cm，2020

我彻夜不眠，写作，烹饪，小酌
独自莫凭栏？独自干吗凭栏？
半夜自有野猫凌空一跃，吃光我放在一楼阳台的猫粮

还有，干吗白天起床生活？
光天化日之下谁能安静度过
深夜灯光暖如蚕茧，窗外寒雨婆娑
你还不一个人起来洗澡，读书，喝酒，对宇宙安坐？

猫眼看人

子非鱼，安知鱼之乐？

子非我，安知我不知鱼之乐？

几千年前庄周与惠施的濠上之问，把不同物种之间能否彼此观照乃至通感的问题，悬于鱼水之空。

那么，人与猫呢？人，如我，代入猫生，自谓同野猫之大乐；如四海猫奴，代入爹妈角色，自谓知家猫之爱安乐。但是，我们问过猫吗？

AI时代的都市猫民既与猫一样，关心鱼之味，又要从自己的宠物那儿得到抚慰与欢乐，自然希望猫人通感，化毛孩于人伦，乐吾乐于猫乐。

但是，社会我阿猫，咱俩谁是谁——猫眼看人，人为何物？

社会我阿猫，纸本水墨，35cm×100cm，2022

上帝的牌局

有一天，家猫去打麻将，上首踞虎，下首坐人，神在对面。

"这个月亮很长很长。"很久很久以前，一个无名的疯诗人——我的大学同学蔡永和开门一句，让我至今惊心动魄。欲猜阿猫如何出牌，须从3500万年前捋起。

如前所述，猫科动物起源于3500万—2800万年前始新世末期或渐新世初期。而即使经过那么漫长的进化，时至今日，猫与老虎仍有95.6%的DNA相同，家猫与亚非野猫则几乎没什么两样。"如果你养的猫每天在外面鬼混，那它和野猫没什么两样。"可以这么说，神奇的猫在慷慨出牌喂下家——主人的同时，它其实像个精算师，比人类迄今驯养过的任何动物都不忘初心保持警惕，随时准备着全身而退，遁回它所来自的猫科动物野生世界去。必要时，一张白板就可以精准地让上家虎哥胡牌！这方面，就我所知，吾国土猫做得最好，尤其是虎斑狸花，三斤猫四斤反骨，叹服！个中原因，可能与以养宠为目的对猫的选种改造开始得比欧美晚有关系。

不戒, 纸本水墨, 66cm×35cm, 2023

麻麻要吃二筒呵

一个数年前的国外统计报告说，全世界现有近 3.73 亿只家猫，流浪猫可能翻倍。虽然"史无前例的大比例人群采用领养或救助的方式来养宠物"，但"从进化的角度说，猫'最近'才进入人类的家庭中，寻求温暖、庇护、食物以及要我们帮它们给耳朵后面挠痒痒。从本质上讲，它们依然是野蛮的食肉动物，但是为了与我们同居，它们极其罕见地产生了跨物种的信任感"，《怪诞猫科学》的作者如是说。

与猫相比，狗早已丢光自性，一失人模，则无狗样，所谓"丧家之犬"。而家猫自动走失或被遗弃，多半仍能活出猫样，一般来说，你很难单凭胖瘦和毛色判断一只猫的境况。在过去，这其实是多数人心知肚明的事实。不过，这种情形在最近十多年来似乎发生了变化，尤其是外来的"洋猫"或所谓名贵品种——从常见的英短、美短、布偶、金渐银渐到更娇贵的波斯、短脚、无毛猫之类——往往性格特别温顺，野外生活的天性与能力则大减，且对人基本无防备。这种猫不仅很适应圈养，甚至只适合圈养。像英短端午那么轻易被后楼邻居解铃抱走，就是一例。猫之普遍亲人黏人，忘记世间还有老鼠与坏人，其实也算人间失猫数十年之后发生的明显改变，某种意义上这正是全面宠物化的结果，是阿猫"顺天应民"。换句话说，主张圈养的猫奴，自觉不自觉都明白、也希望通过这样的控制使猫更亲人、更好撸。我仿佛听见两脚兽在变尽花样暗示阿猫：麻麻要吃二筒呵！麻麻听九万了！甚至出老千，吓死毛孩子好拍视频，圈粉打赏寻开心。

只有神，像与猫并肩站在树上的猫头鹰一样，自始至终，笑而不语，心知肚明。

菠萝蜜多猫，纸本设色，108cm×35cm，2023

◉ 有图有真相：
被迫卖萌的猫星人。

九

妙画记 牌桌上的精算师

◉ 社恐躲起来，
　 社牛菠萝嗨。

芦苇边, 纸本水墨, 108cm×35cm, 2020

263

◎

妙歌诗：安静的陪伴

你得相信在某个微雨黄昏突然出门自有天意
当我不再期待同类
却偶然从野草间召唤出一只小花猫咪

直到第三天我才觉得奇怪
第五天证实了我的发现
上帝很好
给一个孤独的人送来一只哑猫

它也从不来蹭我
只常常卧在看得到我的地方
我正需要这样安静的陪伴

◎

猫尾神奇

无边落木萧萧下, 纸本设色, 58cm×88cm, 2019

265

长江的万里烟波，喜乐着猫星的量子纠缠。老杜诗意，无量猫尾。

猫有非常奇特的尾巴，20根尾椎骨由一组复杂的肌肉与筋腱组成，可以独立移动其中任何一部分。从空中掉落的猫，通过旋转尾巴保持身体的直立。

尾巴与上颈部一样是猫的命门。你想把贪玩的猫拎回家，只需攥住它颈上头皮，再大的猫也会像小时被母亲叼起来那样跟你走，那大概算一种无法反抗的幸福。但你不能拽提猫尾巴。除了毫无教养以残害小动物取乐的顽童，没有人会这样做。这会使猫非常痛苦，甚至丧命！俗语"吊猫尾"即指卡命门为难人。不过，让人欣慰的是因受伤失去尾巴的猫仍能活下来。马恩岛猫干脆不长尾巴，不给坏人把柄。

古代一些地方的风俗是猫死不埋而悬于树，后来竟因此与美食暗生关联。潮汕名品乌橄榄是下粥必备小菜。现在市面上最好的乌橄榄牌子叫"吊思茅"，其地所出，每斤几百元，比普通乌榄贵多了。"吊思茅"实从"吊死猫"谐音而来，即谓产地过去曾为阿猫树葬之所，精气所沃，树上结出的乌橄榄特别好吃。不过正宗"吊思茅"现在何处，已难确定。网上查了下，广东、广西多地都有号称"吊思茅"原产地的乌榄出产销售。

对了，日本妖怪全书《百鬼夜行》说，老猫尾巴若开叉，即名"猫又"，能吃人。九头鸟不如歧尾猫，"吊思茅"的食客们小心了！

收尾，纸本设色，镜心，直径30cm, 2022

● 世间万事开头易，
绝知收尾要阿猫。

妙画记 猫尾神奇

春风引, 纸本设色, 95cm×34cm, 2023

猫史记·八大山人最后的倔强

　　南宋志怪小说集《夷坚志》有一则《乾红猫》故事,大意谓临安卖熟肉的孙老头秘养一只全身毛色乾红的猫,宫廷内侍闻风而来,见之极喜,重金买去,"欲调驯然后进御",但"才及半月,全成白猫",而孙老头一家早已人间蒸发。

　　原来,毛色是孙老头用染马缨法伪造的,世间本无乾红猫。

　　如果你不明白南宋宫廷内侍为何见红猫而狂喜,轻易上当,就看看数百年后宠猫狂魔明宣宗朱瞻基如何在白猫身上"批朱"吧。朱瞻基作有《五狸奴图》,右首一猫独卧,身白如雪,而耳廓、头背俱有一团朱褐毫毛,更奇妙的是一条尾巴竟然头朱尾朱,中段纯白。

《五狸奴图》（局部）,（明）朱瞻基

　　我大致比对过,存世中国古画中的猫,自南唐至清朝,包括宋徽宗的《耄耋图》在内,虽设毛色多喜点染金黄褚褐,但都比较节制,没有像朱瞻基这样近乎"批朱"的。段成式《酉阳杂俎》曾说灵武猫"有红叱拨色",想必没谁真见过。古画的这种情况,也足佐证世无朱猫。北宋开封艮岳收尽天下异禽奇兽,若有红叱之猫,赵佶早大朱特朱了。色在中国古代一直是阶层区分的重要标志,朱瞻基敢越界"制造朱猫",既因身份特殊,和临安乾红猫并案而观,也可以说明中国文化中象征极权的朱红色,一直是历代统治者心头至爱。

《耄耋图》（局部），（宋）赵佶

　　宋徽宗虽比朱天子实在，但笔下之猫皆贵相，那可一点没含糊。单说这《耄耋图》中间（上图右侧）二猫，都是《相猫经》中的超级版。《相猫经》说："通身白而有黄点者，名绣虎。"又"若通身白而尾独黄者，名金簪插银瓶"。靠左那只，少说也是"绣虎"加"金簪银瓶"。靠右的更出奇，"黄身白肚者，名金被银床"，这一张金床上，斗大官印怕有十来颗。再有，"纯白而尾独黑，额上一团黑色，此名挂印拖枪"，早在南唐，周文矩《仕女图轴》中蹲伏在仕女座前的，就已是身白尾黑的"挂印拖枪"大狮猫；佚名《宋人戏猫图》中三只一起戏耍的猫上面那只，也是正点的"将军挂印"。

《宋人戏猫图》（局部），佚名

《仕女图轴》（局部），（南唐）周文矩

　　明清之世，徐渭、四僧八怪等人，大致狂简天真，画猫也以水墨写意为主，重在天趣野意，一洗宫廷画派"金簪银瓶"之脂粉娇贵。近现代画猫大家如徐悲鸿、齐白石等基本同一旨趣。即使如此，如适合祝寿的《猫蝶图》、竹石牡丹与猫的配合等，也是他们常用的画目。虽墨意淋漓，但有意无意仍不忘尽量让笔下之猫与某种大众周知的贵相相合，如四蹄俱雪、身墨肚白、一尾独黑之类。以此观之，他们大体上仍不脱传统套式与应酬之囿。即使最愤世嫉俗脱落形骸的朱耷，写猫多笔拙形异，也鲜少交代毛色，但尾巴几乎都是黑的。

猫非马，而猫尾有时露马脚，除了身白尾黑，八大山人画过一匹怒猫，蹄雪体墨，一尾直竖，让人过目不忘。八大山人是亡明宗室。如果说朱瞻基在白猫身上的花式批朱表征了王朝鼎盛时期的天潢富贵，是否可以说，八大山人这一根如铁之尾，也算偶尔竖起了遗民最后的倔强？

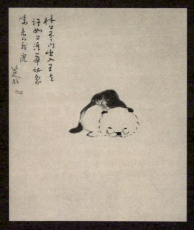

八大山人画猫（局部）

拾 出红尘记

又玄外史：众妙之门

猫有梦

妙歌诗：猪年的春雷滚到狗年

一玄觉：猫建国

人猫之战

橘之大者：马塍路之秋

妙歌诗：我怕毛

大觉寺之秋：出红尘记

猫史记·猫又东渡，千岁西归

山中寐猫图, 纸本水墨, 镜心, 直径 50cm, 2017

　　2023 年夏末，我从景德镇移居上海，入驻艺河湾艺术社区工作室。工作室近 200 平方米，层高目测 6 米，可以跑马画大猫。

　　我从景德镇包了一辆红厢货车，把自巴蜀入景德三年间全部家当搬到车上，自己坐上副驾押车，近暮出发，如猫夜赴，半日一宿间经行赣、皖、浙、苏四省，于淀山湖方向晨入上海，晓到嘉定安亭，身体力行当了一回远活（有人告诉我，"远活"是长途货运司机的一个代称）之人。当天晚上安顿停当，我沐浴焚香，在工作室中部的书桌前坐下来，打开电脑，在屏幕上敲出一行字：这个世界会妙吗？

二舅不如二索, 纸本水墨, 80cm×68cm, 2020

　　"妙呜——"一声猫叫, 吓我一跳!

　　我以为幻听, 但那声音微弱而分明。我抬头四下瞧, 妙呜又一声, 这回终于看清楚了, 距桌子大约二十步, 工作室向着门前长廊中开的落地玻璃门的下首近地处, 一只猫探出半个身子, 正怯怯打量我——

　　猫来了!

273

这情景，和十二年前杭州小河直街开门见猫，几乎一模一样！

不过，这回露脸的是金渐层蓝猫，地点上海，坐标黄渡。

什么叫恍然如梦——这就是！那一刹那，我相信了天意——梦幻人间总有猫。

后来的情节也基本一样。那头猫迟迟疑疑走进门来，只浅浅几步，就又兜转屁股走回去。等我回过神来，它消失在门外大夜中。

再后来，我知道，那是艺术区创始人尹安泰先生家所养一对萌猫中的一位，大名"地瓜"，那些天寄养在走廊对面另一个艺术家的工作室。不过据说它胆子很小，平时一般不会出门溜达。那晚是例外，后来也未再见。

转眼仲冬，周末，我去了趟杭州，看望一位正为轻度抑郁所扰的朋友。我们聊到猫，她说她最近也动了养猫的心思，想养黑猫，眼睛要是绿的。前不久她在"闲鱼"上看到一只，300元，自提，挺心水。再一眼，人家远在山东。烟水寨，何易借。

我说，我替你网上问问。

万圈如响，很快收到回应。良渚爱心大猫奴文晓说，白鹭郡南有刚出生的两只小黑猫，眼睛是黄是绿还不清楚。若想收养，流浪猫救助群中有家住郡南的，可帮忙诱捕。

上海方面也传来消息。艺河湾社区群里负责策展的帅哥小黄说，这边现有两只大黑猫，都是流浪猫。公司的张姐平时常投喂，都和人熟了，平日在公司门口经常可以看到。

小黄说的公司，就是艺术社区的运营管理方，总部亦在艺术区二层，正门遥对电梯。

听小黄这么一说，我留了心。

几天后我回上海，走出电梯，真是！我一眼就看见公司门口两边地上各放着一个猫包，粉红色，正面开口。我轻轻走近蹲下看，左手窝内一团黑，右边窝内黑一团。是日降温，寒风呼啸。这两只流浪的黑猫都在人间有爱的温暖中麻花一掬，躺弯，做梦。

正在这时，喂猫的张姐走出门来。右手窝中的黑猫发现我，也受了惊，睡眼惺忪蹿出来几小步。左手边的那位心大，照常做梦。

猫之黑者其名玄，善士出入斯门妙。妙髯大作中，又一次，我分明看见猫之神迹：

　　玄之又玄，众妙之门！

　　那么，猫有梦，人知否？

大梦谁先觉，纸本设色，50cm×68cm，2019

◉　大梦谁先觉？
　　白头搔更短。

猫
有
梦

梦仙, 纸本设色, 50cm×68cm, 2020

　　猫奴都有这样的经验, 熟睡中的猫儿偶尔会抖动身体, 或发出奇怪的咕
噜声, 伴随着轻微抽搐。

276

这个时候，麻麻知道，毛孩子又在做梦了。

我想，阿猫之梦，该是属于它自己的猫生之梦：与春天有关的情浓意野之梦、与嘎蛋卸卵有关的妙处难与君说的伤悼之梦；与主子有关的猫人之梦；与草树云鸟有关的猫与自然之梦；与猫草罐罐日夜四季有关的妙日子之梦……

某日下午，昼寝起床，天气清朗。出门遇黑猫。它正来干饭，尾巴晃动着屁股，稍作欲走之姿，就又继续进食。

"一玄，"一个命名冲口而出，"一玄一玄，记住了，你就叫一玄。"我缓慢俯身，撸撸一玄耳背，说："问一事，你们猫界做不做梦的？你做梦吗？你的流浪朋友都做过些什么奇怪的梦？拜托吃完豆去问问，有消息，托梦呵。"

嗯呢。一玄嚼着豆子咕哝一声，像极了人话——孩子的应答。

春眠不觉晓，纸本设色，30cm×30cm，2023

◉ 春眠不觉晓，
　处处猫梦鸟。

我醉欲眠君且去，纸本水墨，70cm×58cm，2022

◉ 我醉欲眠君且去，
　猫中陶令，本自具足。

278

妙歌诗：
猪年的春雷
滚到狗年

墙外寒气的指挥棒是墙内一根黑尾巴
离枕头五十厘米的窗框上，五宝暗销凝
它斜立，面贴水花嘈切的玻璃，猫眼向外

五宝是谁？一只从墨汁中倒捞出来的神经病
一只黑近乎透的奶牛猫
除了四蹄踏雪
一支粉笔在肩腹连接处乍隐乍现

"那是它编组神秘信号
在向神秘之所发出监测城市寒雨的电报"

五宝的妈妈，六年前把这断脊奶猫救回地球
她不相信我的直觉

她在最冷的夜雨声中屡屡把手伸向头顶窗帘
摩挲这带含糊音节与畸形脊柱的灵动墨块
恳求五宝离岗静卧，也即严重干扰它发报

后来发生神奇之事
猪年的春雷，滚到狗年倒数第五天的凌晨

279

猫杀马特, 纸本水墨, 50cm×35cm, 2022

280

一玄觉：猫建国

锦绣山河，纸本设色，70cm×70cm，2024

哪位？请进。

谁在轻轻敲门，或者说似乎谁的指甲在划门——难道真有红指夜奔，美人来拂？

喵喵，是我。

我打开门。进来的还真是猫——一只直立行走的大橘："还认得我吗？老汉口的。"那口气像酸奶登场。

"呵呵，老朋友了。"我也听出喵声熟耳，忙起身迎接："阿橘别来无恙。你不是在老汉口江边旧仓库给阿花二花小姐妹钩鱼么，什么妙风把你吹来上海？"

"我们想建国。二花喵婆子让我来请教马老师，不，马天师，猫建国怎么弄？"

"什么？建阁？大谷仓上建楼阁？那么大一个空仓库不够你们一家猫安排？唉，我门外现放着个空窝，你看能不能凑合用。"一时间，我都怀疑阿橘是被它那花老婆赶出来了。

"不是建阁，建国。建立鹦鹉洲耐威克城堡猫民共和国。"

"这，你们猫族哪来的国土？"

"那年冬天正好干旱，百年不遇的水涸，阿花就带着全家蹚到对面那片野地去，那儿是江心一个小岛，你们人间叫鹦鹉洲。那上面有个耐威克城堡。我们登岛时，那上面没有猫。"

听说大橘踏上无猫岛，我一惊一喜，心里有了点数。

果然，大橘接着介绍的情况，印证了我的猜测："我们一家成了岛主，鸟啊鱼啊鼠啊蛇啊兔子啊管够。这五六年过去，本橘现在成为猫太公，一世祖，岛上遍地猫民，都是本橘花子花孙。太祖母阿花按花色辈分把孩儿们分成36猫族。今早阿花醒来，说是昨夜喵星托梦给它，那个耐威克城堡原是36000年前猫星人从地球飞上喵星留下的根据地，天命本橘光复，现在应该成立猫民共和国，实现中华田园猫伟大妙想。可猫族从来都是无政府主义者，没个猫知道建国怎么弄。阿花说，老喵头，你不是有个人间的朋友马天师，人唤'猫民代表'，你带上礼物去请教他。"

我大笑。心想，橘哥你要早来半年，我这招牌还真砸你花婆娘手上了。现在有AI，谁怕谁！我转头把问题喂给 ChatGPT 和 Sora，按下 3D 打印，几分钟，666 页 "中华田园耐威克猫民共和国" 建国方案、申普宠物健康宪章，连同城堡总体规划，全部一键生成。

大橘猫睛闪烁，惊奇不置，它猫爪一招，四只小橘抬进一担礼物，一位妙龄三花在前导引，手手捧盘，盘上展开一张按着粉红掌印的烫金礼单。这回轮到我吃惊了。正待俯近去看，三花突然长出翅膀，尾巴分叉成螺旋桨，就像风神飞廉那样腾空飞起来。一刹那已经飞出门外。等我回过神再看，眼前哪有什么大橘小花礼物担子？门外远空，鸟影一点。

鹦鹉西飞陇山去，芳洲之树何青青。想起来前天拜托过一玄，原来是南柯猫梦……

生存的峰顶, 纸本设色, 70cm×70cm, 2024

　　话说这地球表面早在亿万年前被海洋、水面分成无数块陆地, 每块陆地上的动植物往往不尽相同, 并在漫长的历史中各自进化形成生态圈。比如澳大利亚大陆和岛屿, 原本没有虎豹狮猫这些厉害的食肉野兽, 一旦因为商船或游客好奇带入, 即因无天敌而很快泛滥, 造成生态灾难。上世纪澳大利亚刚被野兔搞得焦头烂额, 本世纪又碰上更难对付的野猫。2015 年 7 月, 澳大利亚政府宣布"对野猫开战", 要在 2020 年实现捕杀 200 万只野猫的计划。不过猫实在是上帝选中的灵兽, 生存适应能力大概已经超出愚蠢的人类目前的控制能力。一份令人沮丧的报告说, 为验证"精准打击、限量捕杀"的效果, 研究人员在塔斯马尼亚岛(澳大利亚联邦的岛州)对两个实施"猫根除计划"的扑杀点进行调查, 发现行动反而导致猫的数量增长了 75%。"原因很可能是扑杀导致了最大胆、最具领地意识的猫的死亡。它们的消失导致其他猫茁壮成长, 并允许新的猫进入被扰乱的领地。"(《离开荒野: 狗猫牛马的驯养史》)

◎

橘之大者：
马塍路之秋

我的肉身响满秒针
像城里那条美艳的路
一整个秋风的枫叶没扫
——野马歌诗·马塍路秋色

士别三日，当刮目相看。猫别三年，野出天际。

大橘要建国，想让鹦鹉洲头橘花如火，猫民无量，猫粮耐克，猫生申普。这事虽是南柯一梦，但我是信的。很久以前，我初入江南的那个秋天，更有逼格的大橘，就已邂逅我于杭州，引我入锦绣江南，赴一场如火梦幻。

橘之大者，借地为衣，五彩斑斓。

听我说。

2007年深秋的某一天，某些天，甚至整个秋天，金箔一样的秋日，红铜一样的秋日，虎皮一样的秋日，豹斑一样的秋日，金的秋日，一片一片，一片又一片，无数片，不停歇，从路两旁少说也有几十年树龄的法国梧桐上飞起，飘扬，扑落。铺满步道，满天满地。

后来我知道，那是你们橘族的精魂——蓬勃的橘势，野性的精灵，软熟的前缘,硕大而灿烂的化身——蛰伏在唤作宋的江南,或者叫南宋的杭州,在杭州这条叫马塍的路——那是一个比杭州更古老的地名,曾是五代的马海,南宋的花田,打叠了李清照、李淑真、周密、姜白石等人的诗骨香魂。

在那个金秋,我为橘势所引,误入马塍路,邂逅一位长得像猫的江南女子,开启一场风月之梦,自此往而不返,远活成土猫野狸。

人有梦,猫不知。

不妨花中人如玉,布面油画,60cm×80cm,2024

◎

妙歌诗：我怕毛

在家里
我经常指着鼻子大骂
唠叨或瞪眼
扯耳朵刮脸训人

偶尔也抱抱
也对坐
也加菜
晚上决不一起睡
各管各
我怕毛

不好意思
更正一下
人错了
训的喵
名端午

286

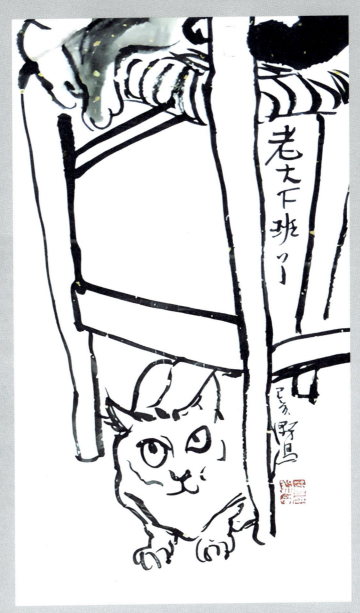

十

出红尘记 妙歌诗：我怕毛

老大下班了，纸本水墨，58cm×23cm, 2018

287

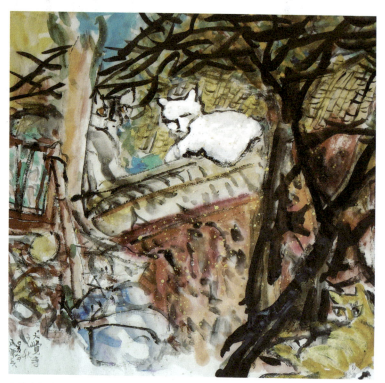

大觉寺之秋，纸本设色，70cm×70cm，2019

具足图, 纸本设色, 44cm×68cm, 2023

◉　四足前具，福禄在额。

就云图, 纸本设色, 35cm×60cm, 2017

◉　夜来扫地不干净，移椅就云作高僧。
　　成佛只需换思路。一刻菩提一点尘。

289

接引, 纸本水墨, 35cm×68cm, 2018

◉ 迷世三千梦, 阿猫一觉圆。
　若得妙接引, 一起出红尘。

◉ 密匙妙得，
芝麻开门。

妙匙图，纸本水墨，70cm×35cm，2020

291

未悟人渡猫，
悟了猫渡人。
有猫一世好，
渡我出红尘。

渡人图, 纸本水墨, 70cm×35cm, 2023

江流天地外, 纸本设色, 70cm×70cm, 2018

◉ 江流天地外，
　妙色有无中。
　烦恼一时涤，
　妙界动远空。

293

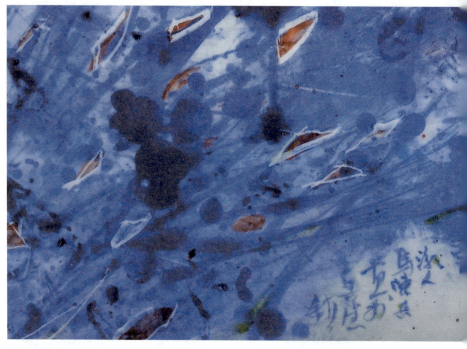

山上层层桃李花，青花，瓷板画，22cm×50cm，2022

295

猫史记·猫又东渡,千岁西归

隋朝"猫鬼"大狱虽自炀帝继位后基本平息,但如"野道病""气疾"等迹近猫鬼的多种呼吸道疾病仍在流行;武则天忌猫公案也不免进一步增加了人们对猫的疑惧甚至厌恶。此虽不妨猫继续受宠宫廷捕鼠人间,但明面上不免受冷被污。北宋官修类书《太平广记》专收前代轶事异闻,而"猫目"所辑仅四条,才及"狗目"十分之一。南宋志怪小说集《夷坚志》四百多卷数千篇,题目以猫为名者仅五则,远少于狗鼠牛蛇鱼鸟鸡猴之属。这组数据将"鬼上身"的阿猫置于既"空前"又将"绝后"的尴尬境地。这是中国隋唐以后猫史叙事的主线。

那么,"文狸""猫鬼"们都上哪去了?答曰:南入蛮夷,东渡日本,而消息潜通焉。

日本平安时代(794—1192),相当于中国的唐末、五代至宋初。随着与中国的文化交流日渐密切,日本妖怪文化开始鼎盛。室町时代(1336—1573,相当于中国宋朝),妖怪文化更是风生水起。至相当于中国明末至清晚期的江户时代(1603—1868),遂形成"怪奇图鉴",产生出鸟山石燕集大成的著作《百鬼夜行》。而猫是日本妖怪家族中的一大支,如风狸、猫又之类,都可以在中国典籍、西南的山地密林中找到原型。

《山海经》中"鬲山多蜼"的"蜼",东渡化猫又,《百鬼夜行》说:猫又是十岁以上的老猫所变,最明显的特征是尾巴分成两股,妖力越大,分叉越明显。能吃人,致尸变。再如周去非《岭外代答·禽兽门》列"大狸""风狸"二条,其言风狸之异,最特别的是"遇风则飞行空中"。到了《百鬼夜行》,风狸几乎成为不死神猫——"乘着风可以攀越岩石,爬上树梢,快得像飞鸟一样","必须用锤头类的重兵器捶打它的头数千下才能将其打死。但只要有风吹入口中,它就会立刻活过来"。不过,中国失猫二十年之后,日本绘本画家《活了100万次的猫》在本世纪初被译介引进并火遍中国,"千岁西归"啦!

道不行乘桴浮於海 丁酉年 聚易 巧翁

浮槎图，纸本水墨，30cm×50cm，2017

后记

我是猫

"我是猫。还没有名字。"

夏目漱石《我是猫》开篇一句话，开宗明义，石破猫惊：这说的不是我么？

我自壮岁辞乡，客旅江南，远活四方，枕运河、卧良渚、游京蓟、过江汉、入剑门、寄巴蜀、漂景德、来上海……尔来忽忽十七年矣。若说上半生像原乡一条不太合群的狗，中年之后，生途在《西游补》那鲭鱼时空中脱轨变道，急刹漂移，越野易辙，我，幸存成一只猫。

这些年，我先后养过肥婆、黑丑、端午、小佛、清明等猫，也曾在这凉薄人间与一路救助收养流浪猫的女子因猫结缘。《猫民十记》中的文与画，大致拣选取材自这十多年间累积下来的无量草稿旧作，或即事寓兴，或惨淡经营，皆天机乍启，勃然作妙。当年花开两枝，性灵各表，今日不期而合，遂成连璧。斯文斯画，虽属十年磨剑，初无目的，无定规，非为文插画或为图造文，庶几可无图文书易犯之拘涩造作毛病，而于丰盈野逸中得同气连枝之妙。

勃然作妙，纸本设色，44cm×48cm，2024

如是，本书既写猫，亦况人；视猫如人，人猫同命。这命，不仅是一人一猫的偶然之命，也借喻、折射中国改革开放前后或者说社会收缩与膨胀期之间的急剧变化，属于全民爱猫世代的"浮生猫记"。这是《猫民十记》希望提供给读者诸君独具的深度悦读与共鸣体验。书中《猫史记》关于猫或为风神原型、猫鬼与气疾的关联、隋唐二帝患病及死因悬测等考证，学术上也亦属首发独见。

网络、AI时代的纸质书，既要好看、好读，更要耐看、耐读，宜玩、宜藏。《猫民十记》所录本人二百件画作，从形式手法到材质风格，体现了较长时空跨度中自然的发展变化，可为诗意绘事小小标本，亦不失为一册有文化学术加持的精美藏家图录。

著作出版是一个出版社与作者双方选择与托付的过程。多年来我靠版税、卖画沽酒嗷肉，乃一介"还没有名字"的猫民，而时下出版鱼龙混杂，种种自费、公费出书未免降低纸质书的总体质量。当此之时，出版社口碑、权威将直接影响读者对书的认知评价。在这方面，我有自己的期许，也特别幸运。2019年以来，我先后在北京三联书店出版史学、文学著作四种，在新星出版社（读库策

果然大妙，纸本设色，135cm×35cm，2024

303

划）出版史学著作一种。来居沪上，又得上海三联书店垂青。百年三联，天下读库，幸甚至哉！

与"北三联"一样，上海三联书店的编辑对稿件质量的要求非常严格，对调性与风格的把握精准到位。本书自发题至定稿，至少经过三次整体推翻从头再来的大调整。编校过程一遍遍字斟句酌，后期图片处理和设计排版一丝不苟力求完美。这个世界会妙吗？浮生遇猫，三生万物。斯文在是，赤子存焉。感谢上海三联书店，感谢两位爱猫爱生活的资深编辑匡志宏老师、李巧媚老师。

《猫民十记》也是原乡、上海馈赠给我及普天下猫民的一份生命礼物和妙氏物语。2023年谷雨，得陈跃先生支持资助，我在上海云间美术馆举办个展，同年秋天受邀入驻艺河湾艺术社区工作室。斯地如世外桃源，使我得以隐居修业，全力完成《猫民十记》书稿的修订，并于2024年夏在上海泰艺术中心举办"上海一只猫"个展，喵其大妙。本书的编辑出版，得到陈跃、黄华隆、有贺萍萍、曹国琪、张柏琳、陈宏涛、郭慰众、钟成泉、许习文、王炜、李伟鹏、肖浩升、肖志宇、肖学锋、林溪、方婷、竺玲、尹希文、余彬生、彭木鹏等多位藏家、师友的大力支持，谨此致谢！

我是猫，一起妙。

甲辰年重阳，马陈兵于上海嘉定艺河湾野马堂